古画里的茶

李开周 著

中州古籍出版社
· 郑州 ·

图书在版编目 (CIP) 数据

古画里的茶 / 李开周著 . —郑州：中州古籍出版社，2021. 10
（茶书）
ISBN 978–7–5348–9691–0

Ⅰ. ①古… Ⅱ. ①李… Ⅲ. ①散文集 – 中国 – 当代 Ⅳ. ① I267

中国版本图书馆 CIP 数据核字（2021）第 121682 号

GUHUA LI DE CHA

古画里的茶

选题策划	梁瑞霞
责任编辑	梁瑞霞
责任校对	周　靖
封面设计	黄桂敏
版式设计	曾晶晶

出 版 社	中州古籍出版社（地址：郑州市郑东新区祥盛街 27 号 6 层
	邮编：450016　电话：0371–65723280）
发行单位	河南省新华书店发行集团有限公司
承印单位	河南瑞之光印刷股份有限公司
开　　本	710 mm × 1 000 mm　1/16
印　　张	11.75
字　　数	160 千字
版　　次	2021 年 10 月第 1 版
印　　次	2021 年 10 月第 1 次印刷
定　　价	68.00 元

本书如有印装质量问题，请与出版社调换。

目录

初唐煮茶如煮菜

唐朝画家阎立本的《萧翼赚兰亭图》，用一个温文尔雅的场景讲述了一个坑蒙拐骗的故事。

故事是这样的：

唐太宗李世民喜爱书法，尤其欣赏东晋书圣王羲之，只要见到王羲之的法帖，必须想方设法搜罗到手，再珍而重之地藏入大内，供自己临摹和学习。

王羲之留下一幅《兰亭序》，又称《兰亭帖》，由其子孙代代相传，一直传到七世孙智永手里。智永是个和尚，没有后代，他圆寂时，将《兰亭帖》交给弟子辩才保存。

唐太宗听说辩才藏有《兰亭帖》，激动不已，亲自召见辩才，想要购买。不料，辩才一口回绝。唐太宗以明君自居，当然不便豪夺，只能巧取。

怎么巧取呢？宰相房玄龄出主意说，监察御史萧翼足智多谋，可以把这件

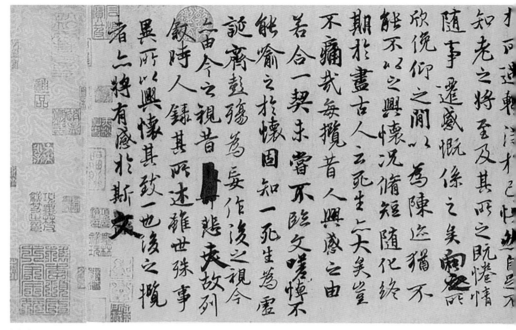

〔唐〕冯承素摹写的《兰亭帖》

事交给他去办。

　　唐太宗立即召见萧翼。萧翼说，如果光明正大地以钦差身份去见辩才，辩才肯定会把《兰亭帖》藏起来，我只能乔装打扮，慢慢接近辩才，取得他的欢心，再趁其不备，将《兰亭帖》拿下。唐太宗欣然恩准，从大内宝库中取出王羲之的几件杂帖，交给萧翼去见辩才。

　　萧翼揣起杂帖，扮成书生，来到辩才所在的寺庙，找了一间空房住下。他想方设法结识辩才，每天陪辩才谈天说地，谈文论史，饮茶对弈，探讨书法。

辩才不明真相，与萧翼相见恨晚，两人很快成为密友。

时机渐渐成熟，萧翼拿出唐太宗交给他的那几件杂帖，请辩才一起鉴赏。辩才说："您这几件藏品都是真迹，但却不是第一流的珍品。"萧翼假装生气："这可是我的珍藏，竟然不入您的法眼，难道您还有更珍贵的法帖？能拿出来让我见识见识吗？"辩才中了萧翼的激将法，从房梁上的暗格里取出了王羲之的《兰亭帖》。萧翼摊开一瞧，确实是真品，他马上把画卷起来，放到自己怀里，随后取出唐太宗的圣旨，向辩才说明了真相。

萧翼得胜还朝,将《兰亭帖》献给唐太宗,受到嘉奖,加官晋爵。而辩才受了萧翼的欺骗,失去了《兰亭帖》,又气又悔,一年后,郁郁而终。

又过了若干年,唐太宗驾崩,唐高宗即位,臣子何延之将上述故事写成一篇《兰亭记》。再后来,画家阎立本又根据《兰亭记》,创作了《萧翼赚兰亭图》。

阎立本原本《兰亭图》已经佚失,现存于世的是三件宋代摹本,一件藏北京故宫博物院,一件藏台北故宫博物院,一件藏辽宁省博物馆。三件摹本当中,以辽宁省博物馆藏本的临摹内容最为详细。我们面前的这幅《兰亭图》就是辽宁省博物馆的藏本。

〔唐〕阎立本　《萧翼赚兰亭图》（北宋摹本）

　　画中人物除了辩才和萧翼以外，还有三个仆人。辩才和萧翼位于画面中心。辩才在左，盘腿坐在椅子上，张口结舌；萧翼在右，垂足坐在矮几上，扬扬自得。萧翼背后站着一个童仆，抱着那幅刚刚被萧翼骗到手的《兰亭帖》。辩才身后有两个仆人，在为辩才和萧翼煮水烹茶。

　　烹茶两仆一老一少。老仆蹲坐在地上，身前有一个水盆、一个火炉、一个小小的盛放茶叶的圆形茶盒，火炉上架着一口铁锅，茶盒里放着一枚茶匙。老仆从水盆中舀水，倒进铁锅，又从茶盒里取茶，撒进沸水之中。炉火熊熊，清水沸腾，老仆神情专注，盯着水面，用一双长长的筷子轻轻搅动，让茶叶和沸

水充分混合。年轻的仆人躬身站在一张茶案后面，左手持一方抹布，擦拭着桌面，右手端着一只黑釉盏托，盏托上放着一只白瓷茶盏，等着老仆将煮好的茶汤分入茶盏。在那张茶案之上，也放着一只同样大小的白瓷茶盏，茶盏底下是一只一模一样的黑釉盏托。

现在让我们展开想象：老仆烧好了茶水，调好了茶汤，将茶汤分入那两只茶盏。年轻仆人小心翼翼地双手端起一盏热茶，恭恭敬敬地捧给客人萧翼；然后转身折返，端起茶案上另一盏热茶，恭恭敬敬地捧给主人辩才。萧翼骗到了《兰亭帖》，志得意满、笑容满面，接过仆人奉上的茶盏，低头啜上一口，连称"好茶"；辩才失去了《兰亭帖》，失魂落魄、神色沮丧，根本没有品茶的兴致，对仆人摇摇头。仆人见状，只好将那盏茶放回到茶案上……

如此想象之后，读者朋友可能会提出质疑：烹茶待客，人之常情，可是辩才的仆人怎么会将茶叶撒到锅里烧煮，而不是放进茶壶里冲泡呢？滚水锅里煮茶叶，岂不将好茶煮得茶味尽失，只剩一锅熟汤气？博雅如辩才和尚，怎么会培养出如此不懂茶道的仆人呢？难道是这幅《萧翼赚兰亭图》画错了？抑或是我们的解读不靠谱呢？

其实画家没有画错，我们也没有解读错——千余年前的人们烹茶就是用这种方法，即煮茶法。

茶叶，早在汉朝便已盛行，西汉王褒在《僮约》中记载道："脍鱼炰鳖，烹茶尽具。"可见茶在当时已是日常待客中重要的一环。晋郭璞《尔雅》也说到茶叶："树小如栀子，冬生，叶可煮作羹饮。"

汉魏南北朝以迄初唐，人们都是以这种"煮茶"的方式来烹茶饮茗。煮茶法就是将生茶叶与其他配料混在一起，加入冷水，经过长时间的熬煮，最后成为浓厚的羹汤，跟如今煮粥类似，这种茶汤又称为"茗粥"。人们喝茶是连茶叶带茶汤一块儿喝的，就仿佛喝菜羹。晚唐皮日休《茶中杂咏》序云："然季疵以前称茗饮者，必浑以烹之，与夫瀹蔬而啜饮者无异也。"那时没有专门的煮茶、饮茶器具，往往是在鼎、釜中煮茶，用吃饭的碗喝茶。

介绍完了茶道，让我们再回到这幅画。在这幅画居中偏右的位置，在张口结舌的辩才与扬扬得意的萧翼之间，还有乾隆皇帝题的一首诗：

御史阳阳僧嗒然，兰亭不复弄藏全。

唐宗何事穷搜宝，房相奚称善进贤？

御史萧翼扬扬自得，老僧辩才张口结舌，《兰亭帖》被骗走了，民间的珍藏流入宫中，不禁让后人替辩才痛惜。唐太宗凭什么要把全天下的好东西都据为己有呢？

乾隆是中国历史上写诗最多的皇帝，一生留下几万首诗，他的诗大多格调不高，但他这首评价萧翼赚兰亭帖的诗，却写得很真实，很有见地。

唐宫茶宴

　　《唐人宫乐图》，又名《会茗图》，作者失考。这幅画描绘了唐代宫廷仕女宴乐生活的一个场面。

　　画面正中是一张长桌，桌子旁边围坐着十位女子，她们衣着华丽，姿态雍容。其中有四人，一人吹笙，一人吹箫，一人怀抱琵琶，一人弹奏瑶筝，正在合奏一支欢快的曲子。画面左侧还站立着两个女孩，其中一个在为演奏者打拍子，另一个应该是侍女，圆领青衣，站在女主人身后，好像在给主人按摩肩膀。

　　坐着的十位女子当中，演奏乐曲者仅有四位，另外六位没拿乐器，她们在欣赏，边欣赏曲子，边做别的事情。

　　都做些什么事情呢？我们来依次介绍。

　　一位女子紧挨着吹笙者，手持长柄团扇，神情专注，扇子跟着音乐的拍子轻轻摇动。

一位女子把右手伸向桌子上的一只圈足大盘，那盘子摆放在一个大腹圈足的底座之上，盘子里有点心，可能是甜点。

还有一位女子，左手轻轻搭在桌子上，右手端起一只茶盏，正在喝茶。

在这位喝茶女子的对面，在桌子的另一侧，也是画面的右下角，一位女子

〔唐〕佚名《唐人宫乐图》

手持团扇，上半身斜靠在桌子边缘，背对着我们，以一种极慵懒极舒适的姿势听曲子。

紧挨着这位听曲的女子，有一个胖乎乎的仕女，一手拿着茶盏，一手撑在方凳的边缘，侧耳倾听。

还有一位女子在为大家调制茶汤。那是满满一锅茶汤，热气蒸腾，茶香四溢。这位女子用一只长柄的茶勺搅动锅里的茶汤，好让茶粉与沸水充分交融。

《唐人宫乐图》创作于晚唐时期，那时候，茶圣陆羽的《茶经》已经问世。《茶经》系统地叙述了茶的起源、栽种、采摘、加工、烹煮和品饮之道，总结了唐朝茶文化，将茶文化发展成了一种专门的学问。

唐朝前期，人们通常沿用汉代以来的粗放式煮饮法，即"煮茶法"，所谓"初唐煮茶如煮菜"。初唐时，人们烹茶，与熬煮菜羹差不多。而《茶经》里提倡一种新的烹茶方式，即"煎茶法"。煎茶法能更好地保留茶之天然特性，问世后受到文人雅士甚至是王公贵族的赞赏和效仿，成为晚唐及五代最流行的饮茶风尚。

当时的成品茶一般是饼茶，也称团茶或片茶。其制作方式如下：将新鲜的茶叶放在笼屉上蒸一遍，然后取出，捣成茶泥，入模压制成型，再用炭火焙烤，制成茶饼。

煎茶时，首先要备茶。用竹筴将茶饼取出，放在火上炙烤，之后储放于"纸囊"中保存，使茶香不外泄。等其冷却后，放到茶碾里碾碎，接着，用茶箩将一些粗梗筛掉，得到精细的茶粉，放入竹盒内备用。

　　然后是煮水煎茶。先将水注入茶釜内，放置于风炉上煮沸。水有三沸：当水沸如鱼目、微微有声时为初沸，这时加入少许食盐，盐可以来调味，使茶的苦味变淡；当釜边水泡像泉涌般上冲时为第二沸，这时从釜中取出一瓢水放在一旁，然后用竹筴绕沸水中心环绕搅动，形成水涡，以使沸水温度尽量均衡，接着就将称量好的茶粉倒入沸水中心；片刻之后，茶汤势如奔涛，茶之浮沫溢出，则为第三沸，此时先捞去浮在水面上的茶渣，接着把先前取的那瓢水倒入釜中，使水停止滚沸，这样可以避免水面上的"茶花"溅出。当水再开时，茶汤就煎好了。最后，将茶汤均匀地舀入茶盏中，供人饮用。

　　《唐人宫乐图》是陆羽煎茶法场景的部分重现。图中的茶具比较简单，除了几只大号的褐釉茶盏，就是长桌上那口茶锅以及锅里的那柄茶勺了，这里没有出现煮茶的火炉，也没有取茶饼的竹筴子。这应该是在别处煮好了茶，然后把茶锅从火炉上撤下，端到桌子上。饮茶时用长柄茶勺将茶汤从茶锅盛出，舀入茶盏，大家自由取饮。

辽国也喝茶

唐朝是茶文化开始兴盛的时代，宋朝是茶文化空前兴盛的时代，这两个朝代都留下了一些茶文化经典。唐朝有陆羽的《茶经》，有裴汶的《茶述》；宋朝有宋徽宗的《大观茶论》，有蔡襄的《茶录》，有黄儒的《品茶要录》，有赵汝砺的《北苑别录》，有熊蕃、熊克父子的《宣和北苑贡茶录》……通过这些经典，我们可以了解唐宋两朝的人们如何种茶，如何采茶，如何制茶，如何品茶，等等。

我们知道，唐朝之后是五代十国，五代十国之后才是宋朝。在唐朝灭亡之后，宋朝立国之前，北方游牧民族契丹族建立了一个疆域辽阔的大国——辽国。

辽国实力雄厚，征战四方，东灭渤海国，南灭后唐，进而又灭掉后晋，降服高丽。北宋立国后两次北伐，都被辽军击败，最后只能纳币求和。那时候，蒙古人和俄国人大都只知有契丹，不知有大宋，以至于到了今天，在俄语里"中国"这个词的发音还是"契丹"。

如此强大的辽国,却没能留下一部茶典,我们要想了解辽国人怎样喝茶,只能借助古墓里的壁画。

这幅《童嬉图》就是出自辽国墓穴的一幅壁画,墓主名叫张文藻,葬于河北张家口宣化区下八里村,生前是辽国统治下的汉人贵族。

这幅壁画本来没有名字,《童嬉图》是考古学家根据画上内容而取的名字。在画面左侧,有一张白色书桌、一只红漆茶几和一个多层收纳柜,几个嬉戏的儿童躲藏在后面。白色书桌上有笔墨纸砚等,红漆茶几上有茶碗、茶瓶等茶具。

〔辽〕河北宣化辽代张文藻墓壁画《童嬉图》

这几个儿童悄悄探出小脑袋，也许是在捉迷藏，也许是在偷看画面右侧的人。

画面右侧共有四人，两男两女。其中一个女子站在红漆茶几旁边，短衫长裙，梳着高高的发髻，头上还簪了三朵花。这个女子长相有些富态，年龄在三十岁左右，眼睛瞧向两个男人，左手却指着一个年龄偏小的梳着圆形矮髻的红衣女子。

那红衣女子在干吗呢？她踩在一个男子的肩膀上，脑袋扬起，双手高举，正从房梁上悬挂的一个竹篮里取桃子。被她踩着的男子髡发微须，典型的契丹成年男子装束，双膝跪地，肩膀耸起，一副很吃力的样子。他的对面站着另一个男子，同样髡发，但没有胡须，年龄有十几岁，躬身站立，双手提起前襟，衣襟里兜着几个鲜红的桃子。他抬起头来看着那位取桃的女子，眼巴巴地等着那个女子把更多的桃子扔到他的衣襟里。

很明显，那位跪着的壮年男子，那个取桃的少年女子，还有这个撩起衣襟等着接桃的少年男子，都是在大户人家服役的仆人。而站在红漆茶几旁边的那位三十岁左右的高髻簪花女子，很可能是他们的女主人。

四个人中间的空地上，有一只铁铸的船形碾子，在碾子旁边的地面上，还有一个红漆木盘，木盘里放着一把歪柄的锯子和一只刷子，以及一块四四方方的带有花纹的绿色小茶砖。红漆木盘旁边还有一把扇火的扇子，扇子旁边又有一个圈足茶炉，炉子上墩着一个用来烧水的银色小水壶。这幅壁画真切地反映了辽代的烹茶用具和烹茶方式，我们可以从中管窥到辽国的一些茶文化。

辽国贵族消费的不是散茶，而是压制成型的茶砖，就是红漆木盘里那块绿色茶砖；辽国人喝茶砖，要先将茶砖锯开，碾碎，研磨成粉；在铁碾中碾好的茶粉需要用一把小刷子扫出来，扫到别的容器里，然后就可以冲泡成茶汤了。

辽国人用什么样的容器来盛放和冲泡茶粉呢？是像唐朝人那样用一口大锅去煮吗？

这幅《童嬉图》没能给出答案，我们需要观摩另一幅辽墓壁画。

辽国有了茶壶

　　《点茶图》出土于河北张家口宣化区下八里村 1 号辽墓，墓主张世卿，是辽国治下的汉人贵族，归化州（今河北张家口宣化区）人氏，富甲一方的大乡绅。辽道宗大安年间（1085~1094），归化州闹旱灾，贫民大量饿死，张世卿富而好善，开仓捐粮，以解灾民之难。因为这件善举，张世卿受到辽道宗的嘉奖，从乡绅变成官员，一路升迁至监察御史，基本上接近了朝廷的权力中枢。他死后葬于宣化城下八里辽墓群中。

　　从 20 世纪 70 年代起，他的墓穴里陆续出土了大量的瓷器、木器、漆器、石器，以及武士俑、奴仆俑、十二生肖俑，甚至还有小米、高粱、核桃、板栗、葡萄、酒水等饮食。考古学家在墓穴的天顶和墙壁上发现了几十幅壁画，壁画内容包括茶道、音乐、饮宴、出行、启门、挑灯、对弈、花鸟、婴戏和天文星象，几乎是对张世卿生前豪富生活的全方位再现。

〔辽〕河北宣化辽代张世卿墓壁画《点茶图》

现在我们看到的这幅《点茶图》是张世卿墓中壁画之一，描绘了两个男仆烹点茶汤的场景。

画面正中是一张红漆方桌，桌上放着一只带盖儿的黑釉瓷盆，两只衬着黑色盏托的白瓷茶盏。桌子下面有一件矮脚火盆，火盆中堆满木炭，木炭上墩着一只茶壶。两个男仆一左一右，分别站在桌子两侧。一人掀起那只黑釉瓷盆的盖子，另一人手执茶壶，正小心翼翼地往瓷盆中注入热水。

按陆羽《茶经》记载，唐朝茶具相当繁杂，包括烧水的风炉、盛炭的竹筐、敲炭的炭挝、夹炭的火筴、煮水的铁锅（鍑）、架锅的交床、裹茶的纸囊、碾茶的茶碾、筛茶的茶箩、量茶粉的小勺（茶则）、舀水的大勺（水方）、过滤水中泥沙与浮游生物的漉水囊、舀茶汤的瓢、夹茶饼的竹筴、盛盐块儿的瓷盒（鹾簋）、盛热水的盂、喝茶的碗、收纳茶碗的筐（畚）、从茶碾中扫取茶粉的小扫把（扎）、擦拭茶具的毛巾、清洗茶具的容器（涤方）、存贮垃圾的容器（滓方）、收纳以上所有茶具的架子（具列）和篮子（都篮）。

相信细心的朋友已经看出来，陆羽罗列了那么多茶具，里面竟然没有茶壶。这是为什么呢？因为唐朝人喝茶，茶粉是直接撒到开水锅里煮的，然后盛入茶碗即可，用不着茶壶来冲泡。

茶壶是从什么时候出现在茶具清单中的呢？看这幅壁画，我们可以得出初步结论：茶壶成为茶具的一部分，至少是从辽代开始的。

我们还可以得出一个结论：辽国人烹茶跟唐朝人不太一样，当时很可能已经不再用锅来煮茶，而是将碾好的茶粉放在一个较大的容器里，然后从火炉上提起一壶烧沸的水，把水冲入这个容器，再把茶粉与热水调匀，这大概就是宋朝点茶的雏形了。

　　换句话说，唐朝烹茶是煮茶，辽国烹茶是调汤。前者靠铁锅烧煮，茶粉受热时间长，部分茶多酚被破坏，容易产生熟汤气；后者靠沸水调和，茶粉受热时间短，茶香不容易被破坏，茶叶里的活性成分也不至于流失太多。由此对比可知，辽国人进一步发展了茶文化，他们的喝茶方式比唐朝人更科学、更健康。

饮茶听曲

　　《妇人饮茶听曲图》是河北宣化 4 号辽墓壁画，墓主韩师训，本为贫民，后来奔走四方，经商多年，晚年富甲一方，逝于辽天祚帝天庆元年（1111）。

　　壁画右侧有一位贵妇人，她盘膝而坐，神态安详，双手托着一只白瓷小茶盏。贵妇面前是一张茶几，上有红色小点心数碟。她身侧是一个中年男仆，手里拿着一张圆形的白色承盘，躬身侍立，面向贵妇，像是在等待女主人喝完手里那盏茶，将空盏放回承盘上。

　　画面左上角另有一张稍大的方桌，桌上有茶盘、茶盏、一只带提梁的瓜棱鼓腹茶壶，还有一件敞口矮足的圆形容器，容器正中放着一个小盏。这件容器极可能是温酒的设备——将热水倒进容器，将酒杯墩在上面，既可以把酒烫热，又可以让酒长时间保持温热的状态。

　　在画面左侧，一个乐师正弹奏一种弦乐器。该乐器有五根弦，有一个棱角

〔辽〕河北宣化辽代韩师训墓壁画《妇人饮茶听曲图》

分明的方形共鸣箱。这种乐器是胡琴的前身，古称"五弦"，弹奏时斜抱于胸前，左手按音，右手弹弦，技艺高明的乐师也可以将其横置于身后，双手反弹，边弹奏边跳舞。乐师身前，画面居中位置，有两个演员，一高一矮，一长一幼，他们面向乐师，双手打着拍子，同时做出简单的舞蹈动作。

照常理推想，画面上那位贵妇或许就是韩师训的妻子。更准确地说，她是画师以韩师训妻子为模板勾画出的形象。她生活富足，仪态悠闲，一边品饮着仆人奉上的茶汤，一边欣赏着乐师弹琴、演员跳舞。

她手中的茶盏很小，很精致。在《唐人宫乐图》中，那些唐朝仕女们的茶盏都挺大，侈口、褐釉、圈足、矮身，一派豪迈粗犷之气，颇具大唐气象。而这幅图中，这位辽代贵妇的茶盏已经跟唐代仕女们的茶盏完全不一样了：首先，茶盏釉色变了，从铁褐变成了玉白；其次，茶盏造型变了，从外向的侈口碗变成了内敛的直口杯；最后，茶盏个头变了，从大海碗变成了小茶杯。

唯一不变的，是茶点。《唐人宫乐图》中出现了茶点，这幅《妇人饮茶听曲图》上也有茶点。慢慢地啜一口茶，再来一颗香甜美味的小点心，正符合广大女士的口味。唐朝如此，辽代如此，今天依然如此。

卢仝烹茶

在中国茶文化史上，卢仝是一个绕不过去的人物，他比茶圣陆羽晚出生六十多年，被称为"茶仙"。

卢仝（约795~835），晚唐诗人，自号玉川子，河南济源人，一作范阳（今河北涿州）人。少时曾隐居河南登封少室山，后迁居洛阳。他博览群书，工诗精文，但生性高古，不愿仕进，一生贫困潦倒，最终死于甘露之变。

卢仝跟韩愈和贾岛均有交往。韩愈担任河南令时，他是韩愈的座上客，韩愈曾写诗寄卢仝，说他"立言垂范亦足恃"；他去世之前，曾经向贾岛托付后事，请求贾岛照料他的家人，贾岛还为他写了一首悼亡诗《哭卢仝》：

> 贤人无官死，不亲者亦悲。
>
> 空令古鬼哭，更得新邻比。

平生四十年，惟着白布衣。

天子未辟召，地府谁来追。

长安有交友，托孤遽弃移。

冢侧志石短，文字行参差。

无钱买松栽，自生蒿草枝。

在日赠我文，泪流把读时。

从兹加敬重，深藏恐失遗。

"平生四十年，惟着白布衣"，可知他去世时四十岁左右。唐大和九年（835）朝廷发生"甘露之变"，当时卢仝碰巧在宰相王涯的书馆宴饮，留宿王府。宦官仇士良率士卒捕杀王涯，卢仝也被牵连遭诛杀。

卢仝爱读书，爱作诗，更爱喝茶，他以一首茶诗名传千古，其"茶中亚圣"之名也因此而来。他的茶诗《走笔谢孟谏议寄新茶》，又名《七碗茶歌》，被誉为天下第一茶诗：

日高丈五睡正浓，军将打门惊周公。

口云谏议送书信，白绢斜封三道印。

开缄宛见谏议面，手阅月团三百片。

闻道新年入山里，蛰虫惊动春风起。

天子须尝阳羡茶，百草不敢先开花。

仁风暗结珠琲蕾，先春抽出黄金芽。

摘鲜焙芳旋封裹，至精至好且不奢。

至尊之余合王公，何事便到山人家。

柴门反关无俗客，纱帽笼头自煎吃。

碧云引风吹不断，白花浮光凝碗面。

一碗喉吻润，两碗破孤闷。

三碗搜枯肠，唯有文字五千卷。

四碗发轻汗，平生不平事，尽向毛孔散。

五碗肌骨清，六碗通仙灵。

七碗吃不得也，唯觉两腋习习清风生。

蓬莱山，在何处？

玉川子，乘此清风欲归去。

山上群仙司下土，地位清高隔风雨。

安得知百万亿苍生命，堕在巅崖受辛苦！

便为谏议问苍生，到头还得苏息否？

　　孟谏议当然姓孟，官职是谏议大夫，是专门负责给皇帝提意见的官员。这位官员是卢仝的朋友，派人给卢仝送去一批新茶。

　　这首诗是卢仝品尝新茶后的即兴之作，可分为三部分。开头写收到这份上品阳羡茶，喜出望外，关上柴门，亲自烹茶。中间叙述煮茶和饮茶的感受，由于茶味好，所以一连吃了七碗，吃到第七碗时，觉得两腋生清风，飘飘欲仙，写得极其浪漫。最后，忽然笔锋一转，转而为苍生请命。全诗奇谲特异，句式长短不拘，错落有致，行文挥洒自如，直抒胸臆，一气呵成。将品茶的审美体验描写得淋漓尽致，出神入化，同时还显露出博大的人文关怀和可贵的悲悯之心，堪称第一流的茶人境界和仁者胸怀。

以卢仝烹茶为题材的画，很多画家都画过，如南宋刘松年《卢仝烹茶图》、元代钱选《卢仝烹茶图》、明代丁云鹏《卢仝煮茶图》、清代金农《玉川先生煎茶图》，我们来一一欣赏。

〔宋〕刘松年《卢仝烹茶图》

〔元〕钱选《卢仝烹茶图》

刘松年的《卢仝烹茶图》，图上有一间茅屋，三个人物。屋外一个长须老者，肩上斜扛一根细竹杖，竹杖上斜挂着一个大葫芦，这位老者正向不远处的小溪走去。屋内一个光着脚的婢女，正在专心致志地摆放茶具，执扇催火。茅屋右侧是一间小小的书房，一个宽袍大袖的中年书生坐在一堆书籍前面，手里拿着书，眼睛却觑向烧火的婢女和屋外取水的老者。很明显，他就是卢仝。而婢女和老者，自然是卢仝的奴仆。

元朝辛文房《唐才子传》，其中一章写卢仝："家甚贫，惟图书堆积。后卜居洛城，破屋数间而已，一奴长须不裹头，一婢赤脚老无齿。"说卢仝家里穷困，什么东西都缺，就是不缺书籍。后来搬到洛阳居住，住所只有几间破屋。奴仆有二：一个不戴帽子并且留着长胡子的男仆，一个赤着双脚并且老到掉牙的女仆。这幅图中两奴的形象与《唐才子传》描述的"长须不裹头"和"赤脚老无齿"正相符。

刘松年，南宋画家，钱塘（今浙江杭州）人。因居于清波门，故有刘清波之号。他是宫廷画师，在南宋宫廷画院里名气很大，是与李唐、马远、夏圭齐名的"南宋四大家"之一。他擅长工笔画，所画人物生动传神，精妙入微，房屋、山水、树木、花鸟都画得极为精细。这幅《卢仝烹茶图》是他的代表作，完美地展现出了卢仝的隐士生活，以及这种高人逸士对茶的热爱。

钱选这幅《卢仝烹茶图》，还原了卢仝《七碗茶诗》的场景。

画中卢仝纱帽笼头，身穿白衫，席地而坐于一片山坡上，身后有芭蕉浓荫，怪石嶙峋。在他右侧，有一官差躬身站立，应该就是孟谏议派来送茶的人。卢仝身前不远处的地面上有一个小茶炉，茶炉旁边有一个身穿红衣的老婢在烹茶。

整个画面构图简洁，格调高古，反映出卢仝在山野崖畔煎茶的闲适生活。乾隆帝曾为这幅画题诗："纱帽笼头却白衣，绿天消夏汗无挥。刘图牟仿事权置，孟赠卢烹韵庶几。卷易帧斯奚不可，诗传画亦岂为非。隐而狂者应无祸，何宿王涯自惹讥。"末二句讲到了卢仝在甘露之变中因夜宿王涯家而遭横祸之事。

画家钱选生于宋，卒于元，后半生在元朝度过。他在元朝一直隐居不仕，躲在江南乡间，写诗作画，饮酒品茶，对元朝统治者请他做官的诏令不屑一顾。

丁云鹏，明朝中后期画家，字南羽，号圣华居士，安徽休宁人，能诗书，擅绘画，人物、山水、花卉、佛像，无不精妙。与董其昌、陈继儒诸人交游，故其流传作品多有二人题赞。

这幅《卢仝煮茶图》，系丁云鹏早期作品。

画面右上，一株白玉兰，花开正盛，点明时令是在春天。白玉兰下矗立着一方太湖石，玲珑剔透。太湖石两侧，红花绿草两三株，鹅卵石十几枚。

玉兰树下，太湖石前，卢仝一绺长髯，两鬓有须，穿一袭圆领长袍，双腿交叉着坐在一张床榻上。床榻左后角放有一个木制三层小茶柜，左前角放有一个竹制茶炉，炉口上放有一只紫砂小茶壶，正在烧水。

床榻左侧，一位赤脚白发的老仆端着一张大盘，盘上覆盖着斗笠形的盖子，下面盖着的应该是点心。

〔明〕丁云鹏《卢仝煮茶图》

床榻下方，另一位仆人蹲在地上，弯腰搬起一盆清水，可能要清洗茶具，也可能要往紫砂小壶中续水。在这位仆人身后有一方厚重的石案，方方正正，案上罗列着各种器具，计有紫砂壶一只、白瓷茶叶罐一只、黑漆茶盒一副、青铜香炉一只、青铜铸造的鼎形盐罐一只、白瓷豆形杯一只、衬有红漆木质盏托的白瓷茶盏两只、假山小盆景一个。

卢仝目光专注于面前的竹茶炉，壶中松风之声隐约可闻。画面人物神态生动，描绘出了煮泉品茗的真实情景，那种悠闲自得的情趣，跃然画面。

《玉川先生煎茶图》，又名《玉川先生煮茶图》，是清代画家金农《山水人物图册》中的一幅。此画作于乾隆二十四年（1759），系金农晚年所作。从画款题字"宋人摹本"来看，当是对某幅宋人画作的摹写。

金农，字寿门，号冬心先生、稽留山民、曲江外史、昔耶居士等。钱塘（今浙江杭州）人，清乾隆时期著名书画家，布衣终生，卖书画以自给，为"扬州八怪"之一。传世作品有《蜡梅初绽图》《玉川先生煎茶图》等。另有著作《冬心先生集》《冬心先生杂著》传世。

"玉川先生"自然指的是卢仝。画中卢仝纱帽笼头，颔下蓄长髯，双目微睁，神态悠闲，身着布衣，手握蒲扇，安坐于芭蕉林中，亲自扇炉煮茶。卢仝身前有一张茶几，茶炉放在几上，炉上用于煮水烹茶的器具是一把长柄紫砂壶。茶几一角还放着一口陶瓷和一只瓷盏。

画面右下，一个老年婢女倚芭蕉树而立，梳圆髻，穿蓝衫，系白裙。皱纹

〔清〕金农《玉川先生煎茶图》

堆垒，光着双脚，但神情安逸，做微笑状。这个婢女双手扯着一根细绳，绳子尽头拴着一个小小的木桶，木桶在一汪泉水里载沉载浮。婢女汲泉，卢仝扇炉，分工明确，各司其事。图右角题云："玉川先生煎茶图，宋人摹本也。昔耶居士。"

这幅画虽题为"玉川先生煎茶"，但实际上画的并非卢仝所在的唐代的煎茶，而是明清时期流行的泡茶。画中茶具统统都是明朝器物，特别是那把长柄紫砂壶，是明代才用于烹茶的。这就是画家的一种艺术加工吧。

金农曾写《玉川子嗜茶》帖："玉川子嗜茶，见其所赋茶歌，刘松年画此，所谓破屋数间，一婢赤脚举扇向火。竹炉之汤未熟，长须之奴复负大瓢出汲。玉川子方倚案而坐，侧耳松风，以俟七碗之入口，可谓妙于画者矣。茶未易烹也，予尝见《茶经》《水品》，又尝受其法于高人，始知人之烹茶率皆漫浪，而真知其味者不多见也。呜呼，安得如玉川子者与之谈斯事哉！"卢仝一生爱茶成癖，对茶和泉水都很讲究，冬心先生一声"呜呼"长叹，要找到一位像卢仝那样精通茶道的人来切磋茶艺，何其难也。历代画家画"卢仝烹茶"，也是对卢仝的遥遥致敬吧。

宋人点茶

唐朝人煮茶，现代人泡茶，宋朝人呢？他们点茶。点茶是一种独特的调制茶汤的方法。我们要想搞清楚这种方法到底是怎么回事，就有必要观摩南宋宫廷画家刘松年的《撵茶图》。

现在我们看到"撵"字，会想到"追赶""赶跑""驱逐"，但是这个字在古代还有一种意思，相当于"研磨"，用石磨去磨。如今河南农村还有一种用全麦加工的小吃，名曰"撵转"：将还没有完全成熟的大麦去壳取粒，淘洗干净，上笼蒸熟，再用石磨研磨，软嫩的麦粒被磨盘研碎，彼此粘连，自动变成一根根条索状的食物。用食盐、生抽、蒜泥、香醋和小磨油一拌，口感劲道，味道清鲜，有浓厚的麦香味儿，相当好吃，是既美味又廉价的健康食品。

刘松年《撵茶图》中所谓的"撵茶"，跟这种撵转差不多，都要用到石磨。只不过，撵转磨的是新鲜的麦粒，撵茶磨的是焙干的茶砖。宋朝人将茶砖敲碎，

胡员外——茶瓢

罗枢密——茶笺

竺副帅——茶筅

宗从事——茶帚

韦鸿胪——茶焙笼

司职方——茶巾

漆雕秘阁——盏托

陶宝文——茶盏

汤提点——茶瓶

金法曹——茶碾

石转运——茶磨

木待制——茶臼

《茶具图赞》中的宋代茶具

放到磨盘里研磨，研磨成抹茶粉一样细的茶叶末儿，这就是撵茶。

好端端的茶砖，干吗要磨成茶叶末儿呢？因为宋朝大多数人喝茶，喝的都是茶叶末儿和热水的均匀混合物，是连茶叶带水一起喝到肚子里去的。而只有先磨成粉，才能让茶和水充分交融，饮用的时候才能顺滑可口，不至于塞牙或者堵喉咙。

唐朝人喝茶，先把茶饼碾磨成粉，再让茶粉跟热水均匀混合，也是连茶带水一起喝到肚子里。但是，唐朝人是将茶粉放到锅里煮，茶多酚破坏较多；宋朝人是将茶粉放到茶盏里，再用一壶沸水轻轻浇注，边浇注边搅拌——这个浇注和搅拌的过程就叫作"点茶"。点茶时茶粉受热时间短，茶多酚破坏较少，茶

〔宋〕刘松年《撵茶图》

香保留较多。

点茶注汤是宋朝茶艺的重要程序，过程如下：

第一次续水，直接注向茶盏的中央，水流的方向跟茶汤表面相垂直，一边注水，一边旋转汤瓶的壶嘴，注水要急，收壶要猛，搅拌要用力，使茶汤颜色从淡到浓，汤花像一粒粒珍珠泛出水面。

第二次续水，搅拌一样要用力，但是注水的力度要轻，先注中间，再注四周，好像用水流在茶盏里画出一系列大小不等的同心圆。这时候茶汤的颜色已经没有刚才那么浓了，茶汤的纹路从碗底泛出水面，细如谷粒，大如蟹眼。

第三次续水，水量要少，续到半盏即可，茶筅搅拌要慢，使茶汤表面呈现出云雾一般的纹理。

第四次续水，水量可以增加，搅拌速度要更慢，贴着盏底搅，如果盏底的茶糊泛不起来，就用茶筅上下敲击；如果盏底的茶糊全泛上来了，就用茶筅在茶汤表面来回搅动，使茶糊与水均匀融合，调出的茶汤会呈现出雾霭一般的纹路和积雪一般的光泽。

第五次续水之后，先别急着搅，视茶糊的形状而定，如果像结了块的牛奶，星星点点散布水面，就用茶筅转着圈儿搅动，可以顺时针，也可以逆时针，直到茶糊完全散开。

第六次续水是最后一次，此时没有固定手法，视碗底茶糊的剩余量和茶汤的浓度而定，如果茶汤仍然很浓，茶筅搅拌费力，俗称"咬盏"，那就另外点一碗较淡的茶汤，跟这碗浓茶混合一下。

先撵茶，后点茶，这就是宋朝人的烹茶方法和喝茶流程，而刘松年的《撵茶图》则将上述流程搬到了画布上。

画面左下，一个男仆跨坐在长方形的矮几上，面前放着一只小石磨。他一手扶磨，一手攥牢磨柄，熟练地转动石磨，一圈又一圈，茶砖被碾磨成粉。石磨旁边叠放着一把茶匙和一把茶帚。

画面左上，另一个男仆站立在一张黑色方桌前。方桌上放着多种茶具：一盏茶托，一摞茶碗，两只贮茶盒，一只带盖的茶叶罐，一个水盆，还有一把水勺搁在水盆上，一只竹茶筅以及一叠其他用具。桌前侧下部的横档上，挂着一方茶巾。男仆手中拿的是一只壶嘴细长的汤瓶，正往一个大茶盏中注水点茶，茶汤做好后，分盛到桌上的小茶盏中。在他左手桌旁地上，一个茶炉放在一张小方几上，炉上是一只带提梁的大水壶，正在煮水。他右手桌旁，是一个镂空雕花的器座，里面放着一个大大的贮水瓮，瓮口盖着一个荷叶形器盖。

在画面右侧，有一张狭长的书案，书案后面坐着一个僧人，正在执笔书写。书案上放着一方砚台、一只香炉、几轴字画。在僧人的对面，一中年文士凝神端坐，另一文士坐在书案旁，双手展卷。二人正看向僧人笔端。

有香，有墨，有字画，有文朋诗友，又有童仆奉上的香茶，《撵茶图》生动地再现了宋代文人雅集的场景。同时，这幅图细致地描绘了撵茶、煮水到注汤点茶的过程，以及点茶所用的大部分茶具，是宋代点茶茶艺的真实写照。

《文会图》中的大宋茶道

在宋朝，"会"有聚集的意思。宋朝士大夫聚餐，称为"会食"；宋朝士大夫聚饮，称为"会饮"。宋朝士大夫在一起鉴赏古玩、谈书论画、闻香听琴、烹茶品茗，诸如此类的聚会，文艺气息颇浓，称为"文会"。

宋徽宗赵佶的《文会图》，画的就是几位士人闻香听琴、烹茶品茗的聚会场景。

右上角是宋徽宗的题诗：

儒林华国古今同，吟咏飞毫醒醉中。

多士作新知入彀，画图尤喜见文雄。

晚唐笔记《唐摭言》记载，唐太宗李世民微服驾临皇宫门口，见新科进士

〔宋〕赵佶《文会图》

鱼贯而出，忍不住感叹道："天下英雄，入吾彀中矣！"宋徽宗借用"入吾彀中"的典故以唐太宗自比。

左上角是当时宋徽宗麾下第一号宠臣蔡京的题诗：

臣京谨依韵和进——

明时不与有唐同，八表人归大道中。

可笑当年十八士，经纶谁是出群雄。

蔡京题诗在左上角，宋徽宗题诗在右上角，在两首诗之间，在画面上方偏左的位置，盖有一方印章，印文"天下一人"，那是宋徽宗的闲章。他作为皇帝，是北宋王朝最高统治者，自然可以天下第一人自居。

在宋徽宗和蔡京题诗之下，三棵大树高高耸立，占去全画一半空间，左边两棵是槐树，右边一棵是柳树。槐叶丰茂，柳枝低垂，每一片柳叶都是双钩着色，无比精细，柳条舒展有姿态，有微风轻拂的动感。

在槐荫和柳荫遮蔽之下，有一座宽广的庭院，院墙曲曲折折，雕栏玉砌，既雅致又奢华。庭院正中是一个特大号的黑漆箱形食案，八位文士围案而坐。食案上琳琅满目，并且井然有序，非常工整地摆放着碗筷、盘碟、茶盏、六瓶插花和八盘瓜果。八人身穿便服，神态闲适，三三两两地自由交谈。在他们身后，三名童仆侍立，其中一个向主人禀告事情，一个为主人送上巾帕，一个双手捧着一盏香茶，等待主人取饮。食案右侧和右上角还有两人，一个着白衣，叉手站立，另一个靠近食案，着青衣小帽，留三绺长须，挥手打着拍子，他们应该是为这帮文士清唱词曲的艺人。

食案左侧不远处有一片竹林，竹林旁边有两个文士，一个身披鹤氅，一个肩倚手杖，他们相对而立，亲切交谈。

食案上方，靠近墙根儿处，一方石几被巨柳的树干遮去半边，石几上隐约可见一张琴、一卷琴谱和一只香炉。

食案下方，五名童仆正在烹茶。茶具计有：茶柜一、茶盘一、茶罐一、茶勺一、茶几二、茶壶四、茶盏四、盏托九、火炉一、贮水大盆一、盥洗大盆一。还有一件小口大腹的瓷瓶，放在茶几下面，状如宋朝人盛酒的梅瓶。瓷瓶左侧是一只竹篓，有提梁，可能是盛放木炭的炭篓。

从右至左，这五名童仆各司其职：最右一人躬身持巾，正在用力擦拭茶几；稍左一人双手捧着一个青瓷大盘，等候别人将烹好的茶汤放在大盘上；中间一人手持长柄茶勺，正从茶几上的茶罐中舀取茶粉，放入另一只手上托着的茶盏内；再往左，一人站在火炉旁，炉中燃烧着木炭，炭上墩放两只茶壶，说明他在烧水；最左一人年纪尚小，梳着双丫发髻，坐在一只矮墩上，正端着茶盏品啜，想必是想试验茶汤是否完美，是否可以送到那张黑漆箱型大食案上去，供那八位文士享用。

这是一个宋代社会的点茶场景。大宋王朝，茶道盛行，《文会图》的主题虽是文人雅集，但也是宋代茶道的真实再现。其作者宋徽宗赵佶就是一位茶文化专家，他的《大观茶论》是宋代茶事的经典著作。

《大观茶论》中对点茶有详尽描述，将宋朝人最精妙的点茶方法复现如下：

点茶不一。而调膏继刻，以汤注之，手重筅轻，无粟文蟹眼者，调之静面点。盖击拂无力，茶不发立，水乳未浃，又复增汤，色泽不尽，英华沦散，茶无立作矣……五汤乃可少纵，筅欲轻匀而透达，如发立未尽，则击以作之；发立已过，则拂以敛之。结浚霭，结凝雪，茶色尽矣。

正确的点茶方法是这样的：调出茶膏，继续注水，注水的速度先慢后快，搅拌的力度先轻后重，熟练地运用腕力和指力，往同一个方向旋转着搅拌，一边搅拌，一边上下敲击。如此点茶，茶汤才是均匀的，泡沫才会浮到最顶层，茶汤表面才会形成久久不散的细点和花纹，就像盛夏之夜的星空一般好看。当然，不但好看，还特别好喝。

在宋朝茶人的心目中，茶汤上面那层泡沫是如此重要，以至于很多人都在诗词里赞美它。如北宋大臣丁谓《咏茶》："萌芽先社雨，采掇带春冰。碾细香尘起，烹新玉乳凝。"将初春萌发的茶芽制成小茶砖，放在茶碾中碾成细细的茶粉，再放入茶碗用热水冲点，点出的茶汤宛如打了泡的奶茶，凝起一层雪白的泡沫。再如梅尧臣《茶灶》："山寺碧溪头，幽人绿岩畔。夜火竹声干，春瓯茗花乱。"这首诗里的"茗花"指的自然也是茶沫。苏东坡的老朋友，那位以怕老婆而闻名于世的陈季常也描写过茶沫："茗瓯对客乳花浓，静听挥犀发异同。度腊迎春如此过，不知人世有王公。"新年即将到来，客人登门拜访，陈季常烹茶相待，主宾对饮，一边谈天说地，一边欣赏着茶碗里的泡沫，感觉到喜乐幸福。

《大观茶论》中写到各种茶具，包括汤瓶、茶碾、茶盏、茶筅、茶等等。汤瓶用来烧水和注水，茶碾用来把茶砖碾成茶粉，茶勺用来舀水和取茶粉。茶筅用竹子制成，是宋朝中后期出现的点茶神器。茶盏身兼二用，既用来点茶，又用来喝茶。这些器具几乎在《文会图》中均能看到。但《文会图》上只有从茶罐中取茶粉放进茶盏的画面，没有用汤瓶往茶盏中注水以及用茶筅搅拌敲击茶汤的情节。所以有人认为，这幅画作也许不是宋徽宗的亲笔。

那么这幅画到底是不是宋徽宗创作的呢？我们不敢肯定。但我们可以肯定的是，这幅画绝对是宋朝人的手笔。画上那么讲究的布局，那么丰富的陈设，那么繁多的茶具，那么精致的备茶流程，也只有将茶道发展到巅峰的宋朝才会有人画得出来。

驸马府的茶会

古代文人聚会，有两场最为著名，一场是发生在东晋绍兴的"兰亭集"，另一场是发生在北宋开封的"西园雅集"。

"兰亭集"很出名，因为大书法家王羲之在场，并且为这场集会写了一幅《兰亭集序》。"西园雅集"也很出名，因为大书法家米芾和著名画家李公麟在场，李公麟为这场集会画了一幅《西园雅集图》，米芾为《西园雅集图》写了一篇《西园雅集图记》。

西园是一座别墅，是驸马王诜的别墅，因位于开封城西而得名。王诜，字晋卿，宋朝开国大将王全斌的曾孙，娶了宋英宗的第二个女儿魏国公主。王诜能诗善画，会写文章，跟当时的文坛、画坛大腕来往密切，与苏东坡、李公麟、黄庭坚、米芾、秦少游等人结成莫逆之交，常常邀请苏东坡等人到家里聚会。于是，就有了所谓的"西园雅集"。这幅《西园雅集图卷》，画的是宋哲宗元祐元年（1086）一群文人雅士在王诜家里集会的场面。

都有谁参加了这场聚会呢？首先有李公麟，也就是《西园雅集图》的原作者；其次还有苏轼、苏辙、米芾、蔡肇、张耒、秦观、刘泾、黄庭坚、李之仪、晁补之、陈太初、王钦臣、郑嘉会以及一位法号圆通的和尚。《西园雅集图》记云："自东坡而下，凡十有六人，以文章议论，博学辨识，英辞墨妙，好古多闻，雄豪绝俗之资，高僧羽流之杰，卓然高致，名动四夷。"

苏轼不必介绍，苏辙是苏轼的弟弟，米芾是大书法家，蔡肇是大画家，张耒、秦观、黄庭坚、晁补之、李之仪都是苏轼的学生，刘泾是书法家兼画家。陈太初是苏轼的同学，后来出家当道士，给宋神宗讲过《道德经》。王钦臣是藏书大家，郑嘉会是制墨高手，圆通和尚是从日本到大宋求法的高僧。

李公麟画了《西园雅集图》，米芾写了《西园雅集图记》，但是我们面前这幅巨画，并非李公麟的原作，而是南宋画家马远的作品。

实际上，历史上好多画家都创作过《西园雅集图》，例如南宋的刘松年和马远、元朝的钱选和赵孟頫、明朝的仇英和唐伯虎、清朝的石涛和丁观鹏，以及

〔宋〕马远《西园雅集图卷》

近现代的傅抱石、张大千、陈少梅等。我们为何单单挑出马远的版本呢？因为这幅《西园雅集图卷》兼具四个优点：

第一，品相完好，清晰度高；第二，层次分明，易于辨识；第三，年代可靠，藏家和学界的主流观点都认为是南宋马远作品，异议较少；第四，内容丰富，画面上除了苏东坡等人观书作画的场景，还有童仆烹茶的细节。

马远这幅《西园雅集图》，虽然也是参照西园雅集的故事而绘制，但人物及构图同李公麟所绘《西园雅集图》有很多不同。此图长达三米，可分四段，咱们先从左侧那段看起，因为那段与茶有关。

全卷最左侧画了三个宾客和四个童仆。宾客三人，一弹琴，一眺望，一策杖独行。童仆四人，其中一人尾随于策杖独行宾客之后，另外三人藏身于枯木怪石之间，正在烧火烹茶。

稍稍偏右为第二段，共画僧侣一人，文士十三人，侍女和书童共七人。诸文士或站或立，凝神围观，看一位文士在一幅长卷上挥毫作记。僧人站在挥毫作记的文士身后，正在观看长卷上所写的内容。挥毫的文士正是米芾本人，他

〔宋〕马远《西园雅集图卷》（局部）

身后的僧人是日本和尚圆通，围观者分别是黄庭坚、李之仪、秦少游、张耒、苏辙以及驸马王诜等人。

再偏右为第三段，苏东坡带一童仆，身着宽袍大袖，头戴特制的东坡巾，正徐徐过桥，向米芾等人所在的方向走来。

最右侧是第四段，一片湖水，波光粼粼，湖畔有石有竹，环境清雅。湖上有渡船一艘、艄公一人，湖畔有商旅五人、驴马三匹。

米芾为《西园雅集图》作记：

> 水石潺湲，风竹相吞，炉烟万袅，草木自馨。人间清旷之乐，不
> 过如此。嗟乎！汹涌于名利之域而不知退者，岂易得此哉？

画上雅士多是茶道高手，我们不妨摘取苏东坡兄弟二人，欣赏一下他们对茶的见解。

首先说苏东坡，他写过一首品鉴茶砖的诗："要知玉雪心肠好，不是膏油首面新。戏作小诗君一笑，从来佳茗似佳人。"北宋中后期追求奢华，人们在上品茶砖外面涂抹龙脑、麝香等名贵香料，使茶砖表面形成一层薄薄的油光，好像打了蜡一样，故名"蜡茶"，讹称"腊茶"。但在苏东坡看来，这样做只是污染茶的真味，是画蛇添足之举。

苏东坡的弟弟苏辙对烹茶之法有独到见解，他在一首长诗中写道：

> 年来病懒百不堪，未废饮食求芳甘。
>
> 煎茶旧法出西蜀，水声火候犹能谙。
>
> 相传煎茶只煎水，茶性仍存偏有味。
>
> 君不见闽中茶品天下高，倾身事茶不知劳。
>
> 又不见北方俚人茗饮无不有，盐酪椒浆夸满口。

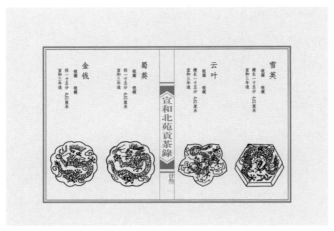

宋徽宗时期《北苑贡茶录》中的茶砖造型

> 我今倦游思故乡，不学南方与北方。
>
> 铜铛得火蚯蚓叫，匙脚旋转秋萤光。
>
> 何时茅檐归去炙背读文字，遣儿折取枯竹女煎汤。

宋代茶道有地域之分，福建人烹茶与四川人烹茶不一样：福建人喜欢点茶，即用热水冲点茶盏中的茶粉，在茶盏中搅拌敲击，调出茶汤；四川人喜欢煎茶，烧开一锅水，撒入茶粉，搅成茶汤。苏辙既不赞成福建的点茶法，也不赞成四川老家的煎茶法，他用铜锅烧水，烧得锅底唧唧作响，待水烧开，把茶粉舀到锅里煎煮，一边煮，一边用勺子搅动茶汤，使茶粉与热水均匀融合，在火光的映照下折射出亮闪闪的银光。

苏辙或许不知道，他虽然"不学南方与北方"，但却在无意中恢复了唐朝人用锅煮茶的老传统。

山中茅屋陆羽家

赵原，元末明初画家，本名赵元，因避朱元璋讳而改名原。他喜欢用枯笔作画，擅长画山水，师法董源、王蒙，流传至今的作品有《合溪草堂图》《晴川送客图》《溪亭送客图》《剡溪云树图》，以及这幅《陆羽烹茶图》。

这幅图上，远山和近水占去了一大半篇幅。远山绵延起伏，层峦叠嶂，草木茂盛；溪水呈"之"字形环绕，百转千回，意境深远。

近处有茅屋一所，临水而建，四面草木繁盛，曲径通幽处一条小路延伸到远方。屋内有两个人：其中一人宽袍大袖，袒胸露腹，半躺半坐，赤着双脚，斜倚在一张矮榻上，悠然自得，他就是大名鼎鼎的茶圣陆羽；另一人梳着双丫发髻，是陆羽的童仆，他正在烹茶。火炉上有一口小锅，童子跽坐于炉前，神情专注，凝视着锅里的水面，似乎在观察水温。

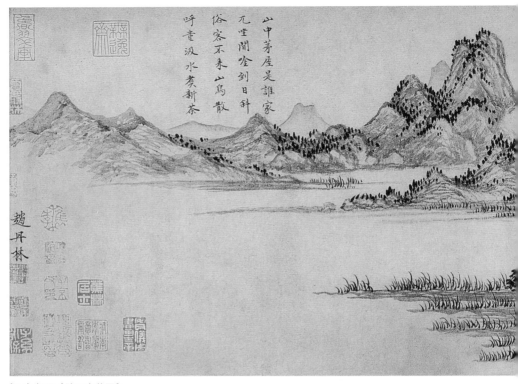

山中茅屋是誰家

兀坐閒吟到日科

俗客不來山鳥散

呼童汲水煮新茶

〔元〕赵原《陆羽烹茶图》

陆羽烹茶圖

古弁先生隐
屋角雲隂蒨起
茗雲雲間奇
陸不蔡浮煙
庭幽泛栖蓬
琵姪畫
鳴颕

胜延山〇渴思
長呼童翦茗滁
枯腸软塵落磴
龍團綠洽水翻
鐺蟹眼黃耳底
雷鳴輕着韻鼻
端風過細聞
香一甌洗得
双瞳尝饱觀
蜀溪雲水鄉
竟斑

画面左上角有一首诗：

山中茅屋是谁家，兀坐闲吟到日斜。

俗客不来山鸟散，呼童汲水煮新茶。

在这首诗的右侧，另有一首题诗，落款"窥斑"：

睡起山垒渴思长，呼僮煎茗涤枯肠。

软尘落碾龙团绿，活水翻铛蟹眼黄。

耳底雷鸣轻着韵，鼻端风过细闻香。

一瓯洗得双瞳豁，饱玩苕溪云水乡。

画面右上角，有乾隆御笔题诗：

古弁先生茅屋闲，课童煮茗雪云间。

前溪不教浮烟艇，衡泌栖径绝住远。

《陆羽烹茶图》描绘的是唐代著名茶人陆羽的故事。陆羽，字鸿渐，自称
桑苎翁，又号东冈子。湖州竟陵（在今湖北天门）人。他一生嗜茶，精于茶道，
著有《茶经》，被称为"茶圣"。

陆羽幼时为孤儿，被龙盖寺智积禅师收养。他寺院里长大，日常习诵佛经，识字念书，烧水煮茶。成年后离开龙盖寺，曾经做过优伶。后来他结识了被贬官到竟陵的诗人崔国辅，两人游处三年，一起谈诗论文，品茶评水，研究茶道。安史之乱爆发后，陆羽来到了湖州妙喜寺，在这里结识了皎然。皎然是唐代著名诗僧，也是著名茶人，对茶道有精深的研究，对陆羽写作《茶经》提供了许多物质上的帮助和知识方面的指导。

唐肃宗上元年间，陆羽隐居苕溪，著述《茶经》。《陆文学自传》云："上元初，结庐于苕溪之湄，闭关读书，不杂非类，名僧高士，谈宴永日。常扁舟往来山寺，随身惟纱巾、藤鞋、短褐、犊鼻。往往独行野中，诵佛经，吟古诗，杖击林木，手弄流水，夷犹徘徊，自曙达暮。"

《陆羽烹茶图》正是这种闲适生活的真实写照，某种程度上满足了人们对陆羽隐居著经生活的想象。

明朝茶事

　　唐寅，字伯虎，又字子畏，明代苏州人，能诗擅画，与文徵明、祝枝山、徐祯卿并称"吴中四才子"。

　　吴中四才子当中，文徵明当过翰林院待诏，祝枝山当过知县，徐祯卿当过国子博士，也就是国立最高学府的教授。只有唐寅没有做官，当了一辈子自由职业者，靠卖文和卖画为生。

　　唐寅传世的画作很多，有《吹箫仕女图》《秋风纨扇图》《王蜀宫妓图》《牡丹仕女图》《嫦娥执桂图》《古木幽篁图》《虚阁晚凉图》《东篱赏菊图》《秋林独步图》《骑驴归思图》《桐荫清梦图》《高山奇树图》，当然也有电影《唐伯虎点秋香》里宁王拿给华太师观赏并借此发飙的那幅《春树秋霜图》，以及这幅《事茗图》。

　　唐寅在世时，他的画售价低廉，有时甚至卖不掉。他写诗说过这些情形："青衫白发老痴顽，笔砚生涯苦食艰。湖上水田人不要，谁来买我画中山。"为了生计，他不仅画画，还写书，还给书坊绘制成套的春宫图。荷兰汉学家高罗佩见到过唐寅的春宫画册，也见过唐寅写的色情小说《僧尼孽海》。

总而言之，唐寅就是这样一个很有才华但遭际不佳的文人。他一生爱茶，喝茶，写茶，画茶，《事茗图》就是他茶画中体现明代茶文化的名作。

《事茗图》是一幅纸本设色的山水人物画，画面近处是山崖、巨石和古木，远处是云雾弥漫的高山，隐约可见飞流瀑布。画面正中是一片平地，有草堂数间，前立凌云苍松，后种成荫翠竹。右侧一间草堂当中，一个文士正倚案读书，案头放着一只茶盏和一只茶壶。左侧一间草堂当中，一个童仆正在扇火煮水，隔着草堂前面的巨石，我们可以看见茶炉、茶壶、茶罐和水缸。画面右侧，另一个文士手持竹杖，正向草堂走来，身后一书童抱琴相随，估计是草堂中那位文士的朋友，两人准备一起品茶论书，做倾心之谈。

唐寅生活在明朝中叶，彼时的茶道已经与唐宋两朝截然不同。唐朝盛行煮茶或煎茶，宋朝盛行点茶。在明朝初年，特别是在中原地区，点茶法依然盛行，但是到了明朝中叶，点茶法渐渐消失，而被"冲泡法"代替。

明初，各地进贡茶叶都沿宋代的做法，制成大小不同的团状，即所谓龙团。洪武二十四年（1391），朱元璋下令停止龙团制作，"惟采芽茶以进"。芽茶就是我们现在所说的茶叶，那时候也叫散茶。于是，唐宋以来一直延续的团茶逐渐被废除，而宋朝就已经出现但不占主流地位的散茶兴起。与之对应的，明朝的茶艺也发生了很大的变化。提倡保持茶叶的本色，顺其自然之性，以沸水冲泡叶茶的瀹饮法流行开来。

田艺蘅《煮泉小品》："芽茶以火作者为次，生晒者为上，亦更近自然……生晒茶瀹之瓯中，则枪旗舒畅，青翠鲜明，方为可爱。"用生晒芽茶在茶瓯中冲泡，芽叶舒展，青翠鲜明，甚是可爱。这是关于茶叶在瓯盏中冲泡的最早记录。

许次纾《茶疏》将冲泡法写得更详细："先握茶手中，俟汤既入壶，随手投茶汤，以盖覆定。三呼吸时，次满倾盂内。重投壶内，用以动荡香韵，兼色不沉滞。更三呼吸顷，以定其浮薄。然后泻以供客。"先准备好茶叶，把开水倒入茶壶后，即投茶于水中，并盖严壶盖。等一会儿后，把这一泡水倒掉。第二次注水要"重投"，也就是高冲，加大水的冲击力，这样可以把茶的香气激荡出来，茶水的颜色也更清透。再静置片刻，等漂浮的茶叶沉淀下来，就可以给客人享用了。

张源《茶录》具体介绍了冲泡时茶和水的顺序："投茶有序，毋失其宜。先茶后汤曰下投；汤半下茶，复以汤满，曰中投；先汤后茶曰上投。春秋中投，夏上投，冬下投。"意思是先放茶叶再冲热水，是为"下投"；先冲一半热水，然后放茶叶，接着再把水冲满，是为"中投"；先冲满热水，再投放茶叶，是为"上投"。春秋喝茶适合中投，夏天喝茶适合上投，冬天喝茶适合下投。

明朝君主专制和中央集权登峰造极，许多文人胸怀大志而无法施展，不得不寄情于山水或移情于琴棋书画，而茶正可融合于其中。他们以茶解忧，以茶会友，钻研茶道，著书立说，因而明代茶书琳琅满目。中国古人留下的茶书共有一百余种，其中明朝茶书就有五十多种，包括朱权《茶谱》、张源《茶录》、许次纾《茶疏》、夏树芳《茶董》、陈继儒《茶董补》、周高起《洞山岕茶系》、周高起《阳羡茗壶系》、田艺蘅《煮泉小品》、陆树声《茶寮记》、徐渭《煎茶七类》，等等。这些茶书或写种茶，或写采茶，或写做茶，或写烹茶，或写用水之道，或写茶具之要，或写茶业经济，或写茶艺和茶诗，将明朝茶文化描写得淋漓尽致，蔚为大观。

与此相应，文人雅士还以茶事入画，创作了大量的茶画作品。这些茶画多是文人隐士在山林之间品茗闲谈的场景，致力于将平和淡雅的心态与幽深高远的自然景色融为一体，表现出清静自适、淡泊名利的高洁情怀。比如文徵明的《惠山茶会图》和《品茶图》、陈洪绶的《停琴品茗图》、仇英的《松间煮茗图》等，当然也包括唐寅的这幅《事茗图》。

唐寅作此画时，并没有写标题，标题是文徵明加上去的——文徵明在画卷前面用隶书题写了两个大字"事茗"。

唐寅还在画面左侧题写一首五言诗：

日长何所事？茗碗自赍持。

料得南窗下，清风满鬓丝。

夏日漫长，百无聊赖，做点儿什么事打发时间呢？当然是品茶。坐在南窗之下，将茶碗端在手里，茶香沁人心脾，清风吹动鬓丝，岁月静好，现世安稳，真是一种高雅的享受。

日長何所事茗碗

自齎持料得南

窗下清風滿鬢

綠吳趨唐寅

〔明〕唐寅《事茗图》（局部）

記消惠山碧
今箓峰壙谷
芳踪拓揩卧
元久筆闲相
停消酒何芳
玉岑蘇
甲戌閏四月雨
情奇颓偶屏
此本闲茶中石銚
題之弁甬作以
谢雪

此画右上角还有乾隆依唐寅原韵写的一首七言诗：

记得惠山精舍里，竹炉瀹茗绿杯持。

解元文笔闲相仿，消渴何劳玉常丝。

下钤"乾隆御赏之宝"。落款附记："甲戌闰四月雨，余几暇，偶展此卷，因摹其意，即用卷中原韵，题之并书于此。御笔。"

乾隆的意思是说，他鉴赏此画时，想到了有一次巡幸江南，在无锡惠山一所精舍里品茶，彼情彼景与唐解元笔下的此情此景相仿。清茶在手，俗念顿消，何必计较杯中之茶是不是玉常所产的名茶呢？

玉常是地名，位于江西，在明清时是有名的茶区和茶叶贸易重镇。

茶余或可添诗兴

文徵明，号衡山居士。长洲（今江苏苏州）人。与唐寅同乡且同龄，仅比唐寅小半岁。像唐寅一样，他也是能诗善画，书画双绝，是明代江南的著名才子，为"吴门四才子"之一。

唐寅出身于小店主家庭，文徵明的家道要好得多。其父文林，曾任温州知府，宦囊丰厚。在苏州郊外，文徵明家有田有地有别墅，可谓是一个富足的官二代。文徵明自己也做过官，在京城做过几年翰林待诏。他富而好仁，豁达大度，与人为善，同时又具备很高的气节。

文徵明与明代思想家王阳明相似，都是大器晚成。过了十岁才学会说话，青年时期在父亲教导下刻苦攻读，但成绩不佳，连续九次考举人，都没能考中。直到年过五旬，才经人推荐，进京为官，担任级别很低的翰林待诏。任翰林待诏才三年，文徵明又主动辞官，回乡隐居。

这幅《茶具十咏图》作于辞官以后，时间在嘉靖十三年（1534），文徵明时年六十有五，已是苍髯老翁。

文徵明在画上题写了《茶具十咏》诗，诗后有题记：

嘉靖十三年，岁在甲午，谷雨前三日，天池、虎丘茶事最盛，余方抱疾，偃息一室，弗能往与好事者同为品试之会。佳友念我，走惠二三种。乃汲泉吹火烹啜之，辄自第其高下，以适其幽闲之趣。偶忆唐贤皮陆辈"茶具十咏"，因追次焉。非敢窃附于二贤后，聊以寄一时之兴耳。漫为小图，遂录其上。衡山文徵明识。

根据此记可知，文徵明退隐苏州，苏州文士每年谷雨前都会在虎丘举办品茶盛会。嘉靖十三年那次盛会，文徵明因病不能参加，但有参会好友送来两三款新茶，供文徵明品评。文徵明品试之后，想起唐代先贤皮日休和陆龟蒙几百年前曾在苏州品茶鉴水，唱和"茶具十咏"，他一时技痒，写成《茶具十咏》诗，并作此画，题诗其上。

皮日休和陆龟蒙唱和的其实是《茶中杂咏》，人各十首，共二十首。这二十首都是五言律诗，分别描写种茶的茶坞、采茶的茶人、初生的茶笋、盛茶的茶籝、造茶的茶舍、烧火的茶灶、烘茶的茶焙、煮茶的茶鼎、喝茶的茶瓯，以及煮茶时的场景。

皮日休和陆龟蒙的原诗很长，不便抄录全文，这里仅摘录能反映唐代造茶

〔明〕文徵明《茶具十咏图》

与烹茶特色的几句诗。

"盈锅玉泉沸，满甑云芽熟。"将茶叶放在蒸饭的甑上，甑下煮水，利用水蒸气把茶叶蒸软。

"左右捣凝膏，朝昏布烟缕。方圆随样拍，次第依层取。"茶叶经蒸汽杀青，再捣成泥状，入模压饼。

"香泉一合乳，煎作连珠沸。"磨出一盒茶粉，用沸腾的泉水煮成茶汤。

文徵明模仿皮日休和陆龟蒙的唱和，做了十首五言律诗，诗题与皮、陆相同，分别是《茶坞》《茶人》《茶笋》《茶籝》《茶舍》《茶灶》《茶焙》《茶鼎》《茶瓯》《煮茶》。

诗题虽同，诗意却异，文徵明诗中的造茶方法与唐代相差甚远。如《茶灶》诗写道："处处鬻春雨，青烟映远峰。红泥垒白石，朱火燃苍松。紫英凝面薄，香气袭人浓。静候不知疲，夕阳山影重。"其中"紫英凝面薄，香气袭人浓"写的是翻炒杀青。而陆龟蒙《茶灶》写的是"盈锅玉泉沸，满甑云芽熟"，皮日休《茶灶》写的是"青琼蒸后凝，绿髓炊来光"，则是蒸汽杀青。

这幅《茶具十咏图》题诗与画几乎各占一半，上半轴为诗，下半轴为画。画面内容简单，由上至下，依次是远山、苍松、草堂、文士、怪石。草堂隐于山间，竹篱茅舍。文士席地而坐，自斟，自饮，神情悠然。一小童在另一侧厢房内，专心为主人烹茶。

此画用笔秀润，勾点结合，秀逸天成，表现了文徵明晚年隐居的悠闲心境，和他远离喧嚣、不同凡俗的生活情趣。

当紫砂遇到茶

文徵明《品茶图》是著名的明代茶事画作，作于嘉靖十年（1531），早于《茶具十咏图》。

画上有诗：

碧山深处绝纤埃，面面轩窗对水开。

谷雨乍过茶事好，鼎汤初沸有朋来。

诗后跋文：

嘉靖辛卯，山中茶事方盛，陆子传过访，遂汲泉煮而品之，真一段佳话也。徵明制。

据题诗与跋文可知，嘉靖十年暮春，谷雨过后，正值茶叶采造盛季，弟子陆子传来访，文徵明以泉水烹新茶，请陆子传共饮，并作画纪念之。

画中有茅舍二，有人物四。茅舍二：一为正房，一为厢房。人物四：一为文徵明，一为陆子传，一为烹茶小童，一为画面左下角正沿独木桥向茅舍走来的无名宾客，也就是题诗中"鼎汤初沸有朋来"的那位朋友。正房中有茶案一张，文徵明坐在内侧主位，坐北朝南；陆子传坐在外侧一角，背部斜对轩窗，面向文徵明。厢房有茶炉一只，炉上放着水壶，小童正在捅炉煮水，以便泡茶。

画中茶炉呈铁青色，可能是铁制或者石制。炉上水壶呈黄褐色，可能是铜壶或者铜锡合金壶。茶案上有茶壶一、茶盏二。茶盏是白瓷小盏，形制清雅；茶壶是紫砂大壶，古朴可爱。

这里出现了紫砂壶，而明朝以前的茶画上，无论是煎茶的小锅，还是煮水的汤瓶，抑或是点茶的茶盏，统统不见紫砂陶器。因为明朝以前蒸青末茶可煎煮，炒青散茶须冲泡，烹茶之法不同，所用茶具自然也不同。明朝以前烹茶，多是将饼茶磨成茶粉，然后煎茶或点茶，而紫砂有细孔，会有细细的茶粉钻进细孔，所以不适合煎茶和点茶。此外，明朝以前的紫砂工艺还不够成熟，紫砂器物还没有资格摆放到文人雅士的茶案上。而明朝茶画上的紫砂壶就比较常见了，不仅在文徵明《品茶图》中出现了泡茶用的紫砂壶，并且在年代稍晚的王问《煮茶图》和丁云鹏《煮茶图》中，还出现了烧水用的紫砂壶——直接将装满泉水的紫砂壶放在火炉上烧煮，再用壶中热水冲泡茶叶。

明朝中后期的茶人对于紫砂壶是很自豪的。许次纾《茶疏》云："往时龚春

〔明〕文徵明《品茶图》

茶壶，近日时彬所制，大为时人宝惜，盖皆以粗砂制之，正取砂无土气耳，随手制作，颇极精工。"许次纾所说"粗砂制之"的茶壶，即是紫砂壶。当时龚春（应为"供春"）和时大彬制作的紫砂壶造型优美，质量上乘，很受茶人追捧。程用宾《茶录》更推崇紫砂壶："壶，宜瓷为之，茶交于此，今宜兴时氏多雅制。"文徵明的曾孙、晚明画家文震亨编撰《长物志》，将紫砂壶冲泡茶叶的优势概括得相当到位："茶壶为砂者为上，盖既无土气，又无熟汤气。"

明朝后期，黄龙德撰写《茶说》，对明代茶具更为推崇："器具精洁，茶愈为之生色……若今时姑苏之锡注，时大彬之砂壶，汴梁之汤铫，湘妃竹之茶灶，宣、成窑之茶盏，高人词客，贤士大夫，莫不为之珍重。即唐宋以来，茶具之精，未必有如斯之雅致。"苏州产的锡壶、宜兴产的紫砂壶、开封产的小铁锅、长沙产的竹制茶灶，宣德年间和成化年间所产的茶盏，在明朝士大夫看来都是最精美最好用的茶具，丝毫不亚于唐宋时期豪门贵族的金银茶具。

晚明另一位茶人周高起著有《阳羡茗壶系》一书，该书是对明朝中后期宜兴紫砂壶总结性的专著，说道："近百年中，壶黜银锡及闽豫瓷，而尚宜兴陶，又近人远过前人处也……至名手所作，一壶重不数两，价重每一二十金，能使土与黄金争价。"明代晚期的紫砂壶日趋精美，上乘之作小巧可爱，一只壶只有几两重，售价却达一二十两银子，几乎与黄金等价。

这幅《品茶图》中，茶壶是紫砂大壶，茶盏是白瓷小盏。我们看唐代阎立本《萧翼赚兰亭图》，煎茶用铁锅，喝茶用黑釉敞口大瓷碗；《唐人宫乐图》中的茶盏也是敞口大碗，呈黑褐色；宋代马远《西园雅集图》与宋徽宗《文会图》中，茶盏个头变小，但仍为深色敞口盏。这是因为，唐宋蒸青茶，叶绿素被破坏殆尽，磨粉调汤之时，泡沫以乳白为上，只有使用深色茶盏，才能凸显茶汤的洁白。明朝炒青茶以翠绿为上，冲泡的茶汤或绿或黄，茶叶与茶水泾渭分明，汤色清亮，适合使用白瓷小盏品啜。

来试人间第二泉

　　《惠山茶会图》作于正德十三年（1518），较《品茶图》及《茶具十咏图》更早，文徵明时年四十九岁，此前已经参加过八次乡试，始终未中举人。这年除夕，他作《除夕感怀》："人生百年恒苦悭，一举已废三十年。"参加科举三十多年，功不成，名不就，心情沮丧。

　　正德十三年农历二月十九，清明节，文徵明从苏州来到无锡，与朋友蔡羽、汤珍、王守、王宠、潘钺等人相聚于惠山，汲惠山泉以烹茶，举办惠山茶会。文徵明于茶会后作此图，友人蔡羽题《惠山茶会序》于其上。

　　蔡羽《惠山茶会序》较长，详细叙述了茶会的缘起、经过及感想：

　　　　……又明年戊寅春，子重以父病，将祷于茅山。履约兄弟以煮茶

　　　法，欲定水品于惠。其二月初九，余得往润之日，与诸友相见于虎丘，

又辞以事，乃独与箭泾潘和甫挟舟去。子重亦与其徒汤子朋同载前后行，三宿达润……戊子为二月十九，清明日，少雨，求无锡未逮惠山十里，天忽霁。日午造泉所，乃举王氏鼎，立二泉亭下。七人者，环亭坐，注泉于鼎，三沸而三啜之，识水品之高，仰古人之趣，各陶陶然不能去矣。於戏胜哉！旬日之力耳，过者造，造者遍，又获与其友共矣。顾视畴昔何如哉。然世之熟视吾辈，则不能无疑，以为无情于山水泉石，非知吾者也。以为有情于山水泉石，非知吾者也。诸君子稷高器也，为大朝和九鼎而未偶，姑适意于泉石，以陆羽为归，将以羞时之乐红粉，奔权幸，角锱铢者耳。矧诸君屋漏则养德，群居则讲艺，清志虑、开聪明，则涤之以茗。游于丘、息于池，用全吾神而高起于物，兹岂陆子所能至哉？固鲁点之趣也。会成赋诗，冠以序。正德十三年

〔明〕蔡羽《惠山茶会序》

戊寅二月清明日，林屋山人蔡羽撰。

蔡羽交代了茶会之缘起："戊寅春……履约兄弟以煮茶法，欲定水品于惠。"说明惠山茶会出自王守和王宠（履约兄弟）的建议。王氏兄弟擅煮茶，而惠山泉水轻软甘甜，正宜煮茶，所以众人决定在惠山举行茶会，由王氏兄弟煮茶，众人一起品评。

明朝盛行冲泡法，用锅煮茶是唐朝旧法，为何又出现在惠山茶会中呢？原因应该有三：

第一，明朝少数茶人仍坚持煮茶，鄙视冲泡，如陈师《茶考》云："杭俗烹茶，用细茗置茶瓯，以沸汤点之，名为撮泡。北客多哂之，予亦不满。一则味不尽出，一则泡一次而不用，亦费而可惜，殊失古人蟹眼、鹧鸪斑之意。"陈师认为冲泡不能让茶味全部释放于水中，泡过的茶叶被丢弃，既浪费，又没有古典意境。

第二，蔡羽和文徵明等人都是博古通今的文人雅士，文人雅士都有好古之癖，这些人在明朝复现唐朝茶道，是完全可以理解的。

第三，王氏兄弟当属冲泡时代的非主流茶人，众人与王氏兄弟结交，尝试一下煮茶，可以满足好奇心。

《惠山茶会图》描绘了一群文人雅士在"天下第二泉"以茶会友的场景，是当时茶文化的生动写照。画幅以惠山二泉亭为中心，勾画出了茶会全貌。

画中连绵的惠山山势起伏，巨石错落。山中修竹茂盛，松荫遮天。二泉亭建于松林之下，亭中有圆井一口，山泉从井口汩汩溢出。井旁有二人席地而坐，一人俯身凝神观水，另一人双手捧一幅画卷，展卷玩赏，这应该就是准备作画的文徵明。

小亭外面有六人，其中亭左三人，亭右三人。亭右三人立于山道之上，有二人在交谈，前有一童子向亭子走来，并回身招呼交谈者，似引二人迤逦行来。亭左三人围着一张红漆木案，或坐或立。其中一人正拱手问礼，似是刚刚到来。木案上放着茶具，案旁有方形茶炉一，炉上有白色小鼎，二小童正在用惠山泉

〔明〕文徵明《惠山茶会图》

水烹茶。

在中国茶文化史上，惠山泉名满天下。唐人张又新写《煎茶水记》，开篇转述刑部侍郎刘伯刍之说，将烹茶用水分为七等，第一等为扬子江南零水，第二等为无锡惠山寺石水，第三等为苏州虎丘寺石泉水，第四等为丹阳县观音寺水，第五等为扬州大明寺水，第六等为吴松江水，第七等为淮水。此文后半部分又将煮茶用水分为二十等，第一等为庐山康王谷水帘水，第二等仍是无锡惠山寺石泉水。

张又新《煎茶水记》影响很大，大约从北宋开始，惠山泉就被誉为"天下第二泉"。苏东坡有诗："独携天上小团月，来试人间第二泉。"范成大也有诗："遥怜海内无双士，独酌人间第二泉。"杨万里亦有诗："苍壁新煎第二泉，博山深炷古龙涎。"

文徵明家在苏州，距离惠山不远，但在惠山茶会之前，他却从来没有到过惠山。他写过一首《咏惠山泉》：

> 少时阅《茶经》，水品谓能记。
>
> 如何百里间，惠泉曾未试。
>
> 空余裹茗兴，十载劳梦寐。
>
> 秋风吹扁舟，晓及山前寺。
>
> 始寻琴筑声，旋见珠颗泌。
>
> 龙唇雪渍薄，月沼玉淳泗。
>
> 乳腹信坡言，圆方亦随地。
>
> 不论味如何，清澈已云异。
>
> 俯窥鉴须眉，下掬走童稚。
>
> 高情殊未已，纷然各携器。
>
> 昔闻李卫公，千里曾驿致。
>
> 好奇虽自笃，那可辨真伪。
>
> 吾来良已晚，手致不烦使。

袖中有先春，活火还手炽。

吾生不饮酒，亦自得茗醉。

虽非古易牙，其理可寻譬。

向来所曾尝，虎阜出其次。

行当酌中泠，一验遍翁智。

　　这首长诗写于惠山茶会之后，如今推想，无论惠山茶会上王氏兄弟的煮茶手艺如何，文徵明都会非常满足，因为他终于品尝到了魂牵梦绕的惠山泉。

在林间煎茶

文徵明的《林榭煎茶图》表现了文人悠闲、恬淡的生活，画面清新秀丽，调色清淡却又秾丽绚烂之致，是表现茶文化的经典之作。

2019 年 3 月，《林榭煎茶图》在天津博物馆举办的"耀世奇珍——馆藏文物精品陈列"中展出，现藏于天津艺术博物馆。

我们按照从右往左的顺序欣赏这幅画。

画面最右是一个小小的山谷，谷底有几所民居，屋顶隐隐可见。远处山坡上绿树葱葱，错落有致。

翻过山谷，可见一泓平湖。画面边缘有一条小溪与湖水相连，溪上有桥，一文士策杖独行，即将踏上小桥，向画面左侧的别墅走去。

别墅建在湖畔，由三所房子组成，高低错落，前有竹篱、怪石、山丘，后有矮松、古柳、灌木。偏右那所房子稍稍高大宽敞，离湖边最近，前后开窗，可称"水榭"。水榭主人身着红衣，坐在屋内，凭窗远眺。屋外有一童仆，正在栏杆下烹茶。

画面最左是半边山坡，坡上树木八九棵，树种各别，有针叶、阔叶、夹叶，树叶或向下垂挂，或向上伸展，郁郁葱葱，一派春光明媚，正是煎茶的好时节。画左空白处有题款："徵明为禄之作。"

禄之是谁？他是文徵明的同乡、好友、门生，名叫王谷祥，字禄之，号酉室，比文徵明小三十一岁，曾向文徵明学画。

明世宗嘉靖八年（1529），王谷祥考中进士，后被分往吏部为官。从画左跋文最后一句"徵明顿首上禄之选部侍史"可知，此画作于嘉靖八年之后。此时文徵明已从北京辞官，归隐苏州，而王谷祥时任吏部官员，所以这幅画是隐士老师送给官员学生的礼物。

跋文很长，是文徵明抄录的两首诗，诗题为《同江阴李令君登君山二首》。

第一首：

浮远堂前烂漫游，使君飞盖作遨头。

烟消碧落天无际，波涌黄金日正流。

禽鸟不知宾客乐，江湖空有庙廊忧。

白鸥飞去青山暮，我欲披蓑踏钓舟。

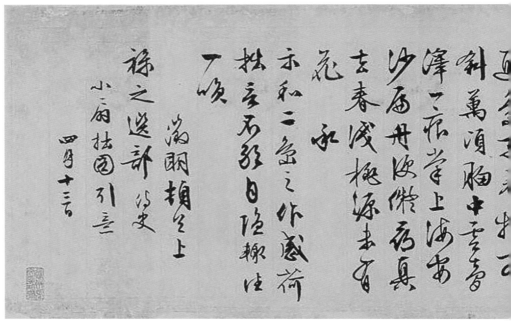

〔明〕文徵明《林榭煎茶图》

雲白江清水映霞
襄踏钩丹
古青山莆我云扅
朝麻更白鷺飛
江湖空有
金鳥立知賓客乐
波涛贵金口上沙
细霜路前天筆除
支东飛蓋作超頭
淳远堂奇烂縵连
山二首
回江隆書生夫登君

第二首：

云白江清水映霞，夕阳栏槛见天涯。

乱帆西面浮空下，双岛东来抱阁斜。

万顷胸中云梦泽，一痕掌上海安沙。

扁舟便拟寻真去，春浅桃源未有花。

跋尾：

承示和二岛之作，感荷，拙章不敢自隐，辄往一笑，徵明顿首上

禄之选部侍史，小扇拙图引意，四月十三日。

推详诗意，文徵明归隐苏州后，曾与江阴李令君同游太湖君山，作了这两
首诗。弟子王谷祥从京城寄来诗作，请文徵明斧正，而文徵明则作《林榭煎茶
图》一幅，并录旧作二首，回寄给王谷祥。

如此诗画往来，相互酬唱，本是古代士大夫之常事。但文徵明寄给弟子的
诗和画则良有深意。

与文徵明登山游湖的江阴人李令君是一位慷慨好善的乡绅，曾开办社仓，
辅助官府救济灾民。二人所登君山，其实就是画中那座小山；二人所游太湖，
其实就是画中那泓平湖；水榭中那位红衣文士与画右那个即将过桥走向水榭的

策杖文士，自然是文徵明和李令君二人。

画后诗句"浮远堂前烂漫游，使君飞盖作遨头"，写的是文徵明与李令君在太湖之畔浮远堂前游玩；"云白江清水映霞，夕阳栏槛见天涯"，写的是太湖之景；"白鸥飞去青山暮，我欲披蓑踏钓舟"，写的是文徵明归隐江湖的志趣；"扁舟便拟寻真去，春浅桃源未有花"，则是写百姓疾苦，世上没有真正的桃花源；"禽鸟不知宾客乐，江湖空有庙廊忧"，又写出了文徵明和李令君为民纾困的理想。

"使君飞盖作遨头"一句有典故，出自《唐书》和《资治通鉴》所记载的被百姓爱戴的清官崔旰的故事。崔旰，曾任西川节度使人称崔使君。归隐山林的文徵明为什么还惦记着清官呢？说明他期望弟子王谷祥可以像唐朝的崔使君一样，做一个立身正直、爱护百姓的好官。

多年以后，王谷祥果然没辜负老师的期许，坚持正义，为百姓尽心尽力，但也终因直言忤逆了奸臣汪铉，罢官归隐。当他再拿出这幅画，再读这两首诗，也许会更明白老师的良苦用心。

梅下横琴饮茶暖

　　杜堇，明朝画家，本姓陆，字惧男，号柽居、青霞亭长等，生卒年不详。据《画史会要》记载，此人曾于明宪宗成化年间（1465~1487）参加进士考试，名落孙山，从此绝意仕进，书画终老。由此推断，他应该比唐寅和文徵明早生一二十年，是文徵明等人的前辈。

　　杜堇是江苏丹徒（今属江苏镇江）人，进士落第后迁居北京，工诗文，通六书，善画楼台亭榭与器物，尤精白描人物，在山水树石上稍逊。

　　《梅下横琴图》，不知作于何时。画面正中是一方界台，石栏低矮，依山临崖而建。界台上有一梅树，枝干横斜，虬曲多姿，点点红梅，隐约可见。一老者倚梅而坐，古琴横于膝上，手抚琴弦，仰视枝头的梅花。旁有两小童陪伴，一童烹茶，一童捧盏。远处高峰耸立，半山腰处云雾缭绕。

梅花屋里诗浅淡时正今晨假水香来

群方香名待琴春流满水

幼居题笔

〔明〕杜堇《梅下横琴图》

画面右上题诗一首：

　　　　梅下吟成理素徽，浅溪时度冷香微。

　　　　冰花亦解高人意，不待风来落满衣。

落款：怪居杜堇。

此诗中的"冰花"就指梅花。梅花在冰雪中开放，冰清冷艳，故云。

捧盏小童侧身站立，眼观梅花。手中茶盏小巧可爱，釉色青绿，盏托较大，与茶盏同一釉色，当为一套。

烹茶小童手提一尊白瓷茶壶，长颈，大腹，小口，圈足，壶嘴细长，可煮水，可泡茶，可冲点。茶壶下是一只铁炉，炉口小巧，恰好可以承接茶壶，炉有三足，炉腰镶嵌两耳，便于挪动。这只铁炉放在一张木案上，案上除铁炉外，不见别的茶具。

推详画意，季节当为初春，天气该是微雪，地点在半山腰的一座平台上。画中老者在此结庐隐居，见雪花飘落，红梅初绽，遂命童仆携案移炉，煮水烹茶，他老人家一边赏梅，一边抚琴。山风吹来，寒意漫天，但他并不觉冷，因为小童已泡了满满一盏香茶，供他品香和取暖。

以抚琴为主题的古画不少，传世名作有宋徽宗《听琴图》、南宋夏圭《临流抚琴图》、元代赵孟頫《松荫会琴图》、元代王振鹏《伯牙鼓琴图》、元代朱德润《林下鸣琴图》、明代杜堇《梅下横琴图》、清代禹之鼎《幽篁坐啸图》等，但《梅下横琴图》既有琴韵，又有茶香者。天籁伴着琴声，梅香和着茶香，弥漫天地间，好一个超然世外的境界。

曾有学者认为，《梅下横琴图》炉上白壶并非茶壶，而是酒壶，画中老人并非饮茶取暖，而是饮酒取暖。

其实不然。第一，明代温酒一般不直接将酒壶放在火炉上加热，而是把酒壶放在一种盛满热水的名为"舟"的烫酒器具里加热。第二，明代酒杯与茶盏不同，茶盏有盏托，酒杯无托，只有高足或者在杯侧有一握把，时称"耳杯"。

东林先生品茶

仇英，生于明孝宗弘治年间（1470～1505），卒于明世宗嘉靖三十年（1551），字实父，号十洲，祖籍江苏太仓（今江苏太仓市），青年时移居苏州。与沈周、唐寅、文徵明并称"吴门四家"。仇英画风多样，尤精山水、人物，偶作花鸟，亦明丽有致。

仇英出身于工匠家庭，父亲是一名漆工，家无余财，仅够温饱。仇英从小没机会读书，一直跟父亲学习手艺，十几岁时到苏州做漆工谋生。后来仇英迷上了画画，他一边做工，一边自学绘画，有空就去路边的书画装裱店和买卖书画的古董店看画，看完就试着把那些作品给画下来。

二十岁左右时，仇英有幸被文徵明收入门下，开始接受正式的绘画训练。仇英天资聪明，勾线、调色、涂色、装裱，都是一学就会，并很快精通。文徵明五十多岁进京做官，临行前把仇英推荐到苏州另一位画家周臣门下，仇英向周臣学习更为严谨扎实的院体风格。中年时仇英画名渐起，经常受富商和收藏家邀请作画。嘉靖十六年（1537）他应昆山鉴藏家周于舜延聘居其家六年。然后又到嘉兴大收藏家项元汴家作画，长达十余年。在这期间，他广泛接触、观摩和临摹古代名迹，技艺大进，尤其在传承唐宋传统的工笔重彩人物和青绿山水方面取得了突出成就。晚年与文徵明父子及其门生交往密切，又吸取了"吴派"文人画之长，为作品增添了清雅的气息。

董其昌《画禅室随笔》对仇英推崇备至："李昭道一派为赵伯驹、伯骕，精工之极而又有士气，后人仿之者，得其工不能得其雅，若元之丁野夫、钱舜举是已。盖五百年而有仇实父，在昔文太史亟相推服，太史于此一家画，不能不逊仇氏。"青绿山水易画难工，工而难雅，绝大多数画家的青绿山水都有匠气，

〔明〕仇英《东林图》（局部）

而仇英却能画出第一流的青绿山水，连文徵明都不如他。

这幅《东林图》，正是仇英青绿山水的代表之作。调色精当，勾画严谨，还能给人一种风流内敛、安闲恬静的感觉。

画面中心一轩斋，斋内两个中年书生，一穿紫衣，一穿蓝衣，相对而坐，作倾心之谈。门前阶下，一蓝衫书童拱手侍立。

堂前古树八九株，枝干虬曲，绿叶鲜明。树下有二小童，一人扇炉煮水，一人收拾茶具。炉上茶壶为紫砂壶，案上水罐为青瓷罐，水罐旁边还有两只白瓷茶盏。

画面左侧还有一小童，蓝衫白裤，手捧水盆，刚从小溪中取水而回，双足踩在木桥上，向画右烹茶二童走去。

小溪岸上几株桃树，桃花灼灼。风过处，花瓣飘落，似有几瓣落入流水，又有几瓣飘进了小童手捧的水盆里。

此图题款："仇英实父为东林先生制。"说明这幅画是仇英应东林先生之请绘制的。

旁有唐寅题跋：

抑抑威仪武肃支，乡吾同举学吾师。

百年旧宅黄茅厚，四座诸生绛幕垂。

灵出尾箕身独禀，器云瑚琏众咸推。

他年抚翼烟霄上，故旧吾当不见遗。

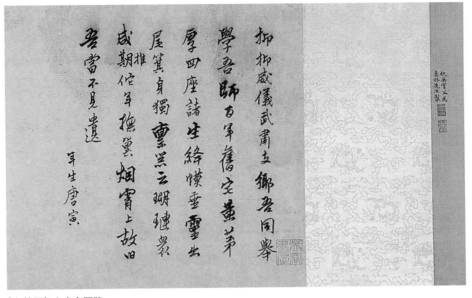

《东林图》上唐寅题跋

落款：年生唐寅。

唐寅是仇英的师兄，与东林先生熟识。落款"年生"，诗中又写"乡吾同举"，说明东林先生是唐寅的举人同年。

"东林先生"在历史上一般指明代思想家顾宪成，因创办东林书院而得名。但顾宪成生于嘉靖二十九年（1550），卒于万历四十年（1612），比仇英晚半个世纪，两人不可能结识。所以，这里的"东林先生"必然另有其人，今不可考。

松下溪边品新茶

  仇英还有一幅《松溪论画图》，名为论画，实乃品茶，画风与内容均与前幅《东林图》相近。

  《松溪论画图》，左山右水，山水之间是一片平地，平地上松树二株，松下是一个铸铁三足鼎形茶炉，炉身有提梁，炉上有紫砂壶。童仆二人，一持扇扇炉，一提罐取水。溪水淙淙，取水小童一手扶松，一手提罐，蹲下身去，上身尽量前倾，以便舀到更洁净的溪水，又避免自己失足掉下去。这个细节画得生动形象，很有生活感。

  松树后面有一张非常低矮的小石桌，石桌上放着茶盏、茶罐、字画。小石桌右侧，临近水边，两个身着白衣的文士席地而坐，展卷观画，似正在交谈，右边文士身后横放一只古琴。

  画面左侧有款识："吴郡仇英为溪隐先生制。"

〔明〕仇英《松溪论画图》

该画人物形态精细生动，形神毕肖，颇有生活情趣。山石采用"小斧劈"皴法，方硬嶙峋，富有质感。画面意境清旷，静中见动。

那应该是暮春的一个下午，风和日暖，新茶上市，一个辞官隐居的缙绅刚刚得到朋友寄来的一款茶叶，不舍得独自品尝，于是邀请了城东的好友，到城外山下品试这款新茶。两人都带上自己的书童，挑着茶具，抬着炭篓，提着炉子，带着字画，一起来到山下溪边。那是他们经常聚会的地方，场地平整干净，现成的石桌，石桌上纵横交错刻画着棋盘，他们平日会在这里对弈。但是今天他们没有对弈，而是离开石桌，到水边坐下，一人弹奏古琴，另一人静听。

两个书童深知主人的习惯，他们一个去溪边打水，一个生起了炭火。刚刚燃着的木炭有烟火气，不适合烧水烹茶，但可以烧水清洗茶具。扇火的小书童在紫砂壶里装满了洁净甘甜的溪水，使劲挥动蒲扇，炭火越烧越猛，壶水嗞嗞作响。一会儿水开了，小童打开茶箱，取出茶盏，用热水冲洗，用丝布摭拭，然后把茶盏摆放到一旁的石桌上。

此时火焰小了，烟气没了，铁炉中的木炭从红转白，火力更盛。小童又装了一壶水，墩在炉上，等候水沸，他好泡茶。而他的主人，也就是抚琴的那位文士，已经弹完一曲《高山流水》，转身从石桌上拿起一轴古画，再回到水边，与朋友一同欣赏。

水沸了，烧水的小童提起紫砂壶，放到石桌上，揭开壶盖儿，让水温稍稍降下来。取水的小童也走到石桌旁，打开茶罐，捏出茶叶，分别放到两只茶盏中。他们的主人闻到了茶香，迫不及待地收起古画，等待品尝那一盏春意……

赵孟頫抄经换茶

　　《写经换茶图》是仇英与文徵明合作完成的一幅作品，称得上是两位顶级大师的书画合璧。最早著录于乾隆时期的《秘殿珠林·石渠宝笈续编》中，其题为《仇英画换茶图，文徵明书心经合璧》一卷。

　　明代昆山收藏家周于舜，收藏的书法作品中有元代著名书法家赵孟頫的《写〈心经〉换茶诗》，知道赵孟頫曾经手写《心经》用来跟明本和尚换茶。周于舜想得到这幅《心经》，但并未如愿，作为收藏家，他对此备感遗憾，所以他就请当时的著名书画家文徵明来写一卷《心经》，聊补心中缺憾。文徵明欣然答应，于嘉靖二十一年（1542）农历九月二十一日去昆山的船上写成此经。

　　《写经换茶图》的画卷左面有文徵明所书《心经》，书于金栗笺本上，末题"嘉靖二十一年岁在壬寅九月廿又一日，书于昆山舟中"。周于舜拿到文徵明这幅书法之后，又邀请仇英按照赵孟頫"写经换茶"的故事，画了这幅《写经换茶

逸少書換鵝東坡書易肉皆成千載奇
誒松雪以茶戲恭上人而一時名公咸播
歌詠其風流雅韻豈出昔賢下哉然有
其詩而失是經于舜請家君為補三遂
成完物癸卯仲夏文彭謹題

松雪以茶葉換般若自附於右軍以黃庭
易戴其風流蘊藉豈特在此微物哉蓋而
自負其書法之能繼晉人耳惜其書已匕家
君遂用黃庭法補之于舜又請仇君實甫以
龍眠筆意寫書經圖于前則此事當遂不
朽矣癸卯八月八日文嘉謹識

文彭为《写经换茶图》写的题跋　　文嘉为《写经换茶图》写的题跋

摩訶般若波羅蜜多心經
觀自在菩薩行深般若波羅蜜多時照
見五蘊皆空度一切苦厄舍利子色不
異空空不異色色即是空空即是色受
想行識亦復如是舍利子是諸法空相
不生不滅不垢不淨不增不減是故空
中無色無受想行識無眼耳鼻舌身意
無色聲香味觸法無眼界乃至無意識
界無無明亦無無明盡乃至無老死亦
無老死盡無苦集滅道無智亦無得以
無所得故菩提薩埵依般若波羅蜜多
故心無罣礙無罣礙故無有恐怖遠離
顛倒夢想究竟涅槃三世諸佛依般若
波羅蜜多故得阿耨多羅三藐三菩提
故知般若波羅蜜多是大神咒是大明
咒是無上咒是無等等咒能除一切苦
真實不虛故說般若波羅蜜多咒即說
咒曰
揭諦揭諦波羅揭諦波羅僧揭諦菩提
薩婆訶
嘉靖二十一年歲在壬寅九月廿
又一日書于崑山舟中徵明

文徵明题于《写经换茶图》上的《心经》

图》，并与文徵明的《心经》装裱在一起。一书一画，师徒合璧，堪称绝品。

在画卷上，《心经》的左侧，有文徵明长子文彭的题跋，交代了"写经换茶"的故事及此画卷创作的缘起：

> 逸少书换鹅，东坡书易肉，皆成千载奇谈。松雪以茶戏恭上人，
>
> 而一时名公咸播，歌咏其风流雅韵，岂出昔贤下哉。然有其诗而失是经，
>
> 于舜请家君为补之，遂成完物。癸卯仲夏，文彭谨题。

"逸少"即王羲之，相传王羲之爱鹅，他曾用自己的字跟人换鹅。"东坡"即苏轼，苏轼爱吃肉，他曾用自己的书法作品换肉吃。这些都是古贤人的雅谈，元代的书法家赵孟頫也是雅人，相传赵孟頫为了得到高僧明本和尚的茶叶，而手抄《心经》与之交换。"松雪"就是赵孟頫，"恭上人"就是明本和尚。

赵孟頫，字子昂，号松雪、松雪道人，吴兴（今浙江湖州）人。博学多才，能诗善文，书法和绘画成就都非常高，开创了元朝一代新画风，被称为"元人冠冕"。明本和尚是元代江南最著名的临济宗僧人，为浙江天目山中峰狮子院住持，所以号中峰，被元仁宗赐号"广慧禅师"。他的一生，主要是在天目山度过，但他与湖州也有很深的法缘。大德三年（1299）冬，明本来到湖州弁山，在资福寺结庵居住，这就是"幻住庵"。在此期间，与赵孟頫多有往来。他们亦师亦友，结下了深厚的方外之谊，两人诗书往还，留下许多佳话，比如"写经换茶"。

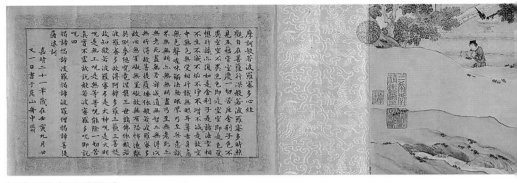

〔明〕仇英《写经换茶图》

中峰禅师提倡喝茶坐禅，在法事法会、僧堂生活中无处不用茶，无时不用茶。杭州临安天目山为著名茶乡，天目高山茶享有盛名，明本和尚的天目茶更有禅味。赵孟𫖯手抄《心经》就是为了换取明本的天目茶。

赵孟𫖯坐在长几左侧，明本和尚坐在长几右侧。明本光头有胡须，赵孟𫖯梳着一个小小的发髻，高高的额头，前额明显谢顶。他左手扶几，右手提笔，但却没在纸上写字。他侧过身去，扭头看向画面左侧。

左侧站着一个没留发髻的小童，蓝衫白裤，躬身站立，双手捧着一个用竹子编织的精致小茶盒，里面想必装着明本和尚的好茶。而赵孟𫖯之所以不专心写字，却扭头看向小童，正说明他对茶的兴趣要大于写经。

越过捧茶小童，再往左看，红漆小茶几，铁铸小火炉，炉口架着一个荷叶形支架，支架上放着一只白色小茶壶，可能是锡壶，也可能是瓷壶。炉旁一童

蹲立，同样是蓝衫白裤，没留发髻，手持蒲扇，神情专注，说明他在扇火煮水。

红漆小茶几上，从左往右，依次放着竹编茶盒一、白瓷茶盏四（倒扣在茶几上）、黑漆木托侈口茶盏二（有一只茶盏被茶炉遮蔽大半）。

画面左侧更远处，一小童手捧一个用红丝缠裹的圆柱形物体，似乎是寺院收藏的经卷和书画，正向这里走来，这显然是奉了师父之命，取来请赵孟頫鉴赏的。小童身后是芦席搭成的篱笆墙，墙外有一圆台，台上撒有谷粒，两只喜鹊正在愉快地啄食。用谷物布施禽鸟，更添一份禅意。

画卷最左端，是文徵明的次子文嘉为此画所作识语：

松雪以茶叶换般若，自附于右军以黄庭易鹅，其风流蕴藉，岂特

在此微物哉？盖亦自负其书法之能继晋人耳。惜其书已亡，家君遂用

黄庭法补之。于舜又请仇君实甫以龙眠笔意写《书经图》于前，则此事当遂不朽矣。癸卯八月八日，文嘉谨识。

"黄庭易鹅"也罢，"写经换茶"也罢，妙在一个"易"字，一个"换"字。赵孟頫写那幅《心经》真的是为了茶吗？或许是自负其书法可以媲美王羲之，也或许是追慕古人的那一份风雅超逸吧。

写此琴泉图

　　项圣谟，字孔彰，号易庵，又号胥山樵，别号松涛散仙、存存居士等，是明末清初的著名画家。

　　项圣谟是秀水（今浙江嘉兴）人，其祖父是明末著名书画收藏家项元汴。受家庭熏陶，他自幼精研古代书画名作。年轻时曾经中过秀才，被举荐为国子监太学生，但他不求仕进，醉心于书画之间。虽然他在文徵明卒后的几十年出生，但是家藏文徵明多幅画作，以文徵明私淑弟子自居，诗词书画均有一定造诣。山水、人物、花鸟无一不精，风格清隽，精妙别致。

　　这幅《琴泉图》别出心裁，虽是茶画，画面中却无茶叶，也无茶炉、茶盏、茶壶，仅有一张木桌、一方古琴，桌旁水缸、水罐、水瓶数件而已。水缸和瓶罐中均贮泉水，缸口覆以竹笠，以免灰尘飘入。

　　整幅画给人极清洁、极幽静的感觉，引人遐想。瓮中泉水让人想到小童

〔明〕项圣谟《琴泉图》

煮水、文士烹茶，陆羽编撰《茶经》，卢仝七碗生风，文徵明与一群老友在惠山论画品茗。桌上古琴虽无人弹奏，但却能让人隐隐听到琴声，仿佛俞伯牙邂逅钟子期，又仿佛嵇康弹起《广陵散》。

画轴上半部分是项圣谟的自序：

我将学伯夷，则无此廉洁。

将学柳下惠，则无此和平。

将学鲁仲连，则无此高蹈。

将学东方朔，则无此诙谐。

将学陶渊明，则无此旷逸。

将学李太白，则无此豪迈。

将学杜子美，则无此穷愁。

将学卢鸿乙，则无此际遇。

将学米元章，则无此狂癖。

将学苏子瞻，则无此风流。

思比此十哲，一一无能为。

或者陆鸿渐，与夫钟子期。

自笑琴不弦，未茶先贮泉。

泉或涤我心，琴非所知音。

写此琴泉图，聊存以自娱。

落款"古胥山樵圣谟"。落款之下钤印二枚，一为"项圣谟印"，一为"易庵居士"。

画面左下角与右下角又钤印数枚，分别是"胥山樵项伯子""项孔彰留真迹与人间垂千古""松荫梧影之间"。

项圣谟自序说，他想学伯夷不食周粟，想学柳下惠坐怀不乱，想学鲁仲连游说诸侯，想学东方朔诙谐多智，想学陶渊明旷达飘逸，想学李白壮游天下，想学杜甫穷而后工，想学卢鸿乙退隐嵩山，想学米芾癫狂无忌，想学苏东坡风流潇洒，但是受天资和环境所限，他都学不来。那学谁才好呢？他想到两个人，一个是擅长弹琴的钟子期，一个是擅长烹茶的陆羽，这两个人，他能学，因为他会弹琴，也爱喝茶。

于是，项圣谟提起笔来，在纸上画了一方古琴，在琴下添了几瓮山泉。画面上没有弹琴人，没有茶，却似乎有幽幽的琴声和袅袅的茶香飘出……

竹炉煮茶

　　沈贞，一名贞吉，号南斋、陶庵、陶然道人、吴门野樵。明代长洲（今江苏苏州）人。

　　沈家世代隐居吴门，居苏州相城，书画乃其家学。祖父沈良是元代画家王蒙的好友，其弟恒吉亦能诗画，其侄沈周为明代"吴门四家"之首。沈家以诗文书画闻名乡里，相传家中童仆，皆谙文墨。沈贞工律诗及古文辞，善绘事。山水画取法董源，画风清新秀润，有烟林清旷、平淡天真之趣，其传世作品有《秋林观瀑图》《竹炉山房图》等。

　　《竹炉山房图》是一幅古意盎然而又充满文人雅趣的画作。图右上方自识："成化辛卯初夏，余游毗陵，过竹炉山房，得普照师口酌竹林深处，谈话间出素纸索画，余时薄醉，挑灯戏作此图以供清赏。南斋沈贞。"下钤白、朱文印各一方。由自题可知，此图是成化七年（1471）为普照法师而作。

〔明〕沈贞《竹炉山房图》

远处，山峰耸立，老树槎枒。近处，山脚下，丛竹苍翠，清溪湍流，杂树、山房、水榭、庭院错落其间。山房内一僧一俗正品茗清谈，门外一沙弥正用竹炉烹茶。远处溪畔则又有一人捧物寻径而来。

画中提到的"竹炉山房"，原为无锡惠山寺的弥陀殿。据《无锡金匮县志》载，明朝初年，性海和尚来惠山寺任住持，他酷爱品茗，其寺又临近惠山泉，于是日日汲泉水烹茶。洪武二十八年（1395），性海请一位湖州的竹工用竹子制作了一个茶炉。性海和尚以竹茶炉煮惠山泉泡茶，邀请文人品茶论诗。画家王绂为此次茶会雅集作《竹炉煮茶图》，并作《茶炉诗》："僧馆高闲事事幽，竹编茶灶瀹清流。气蒸阳羡三春雨，声带湘江两岸秋。玉臼夜敲苍雪冷，翠瓯晴引碧云稠。禅翁托此重开社，若个知心是赵州。"此后，性海又邀王达、陶振、谢常、韩奕等文人名士为竹茶炉题诗作文。

性海将竹炉及有关吟咏竹炉的诗画藏于惠山寺弥陀殿，因而此殿便更名为竹炉山房。这就是首次以听松庵竹茶炉为主题的茶文化盛会，人称"竹炉清咏"。沈贞在成化七年（1471）游毗陵时，经过惠山寺竹炉山房，与普照法师对饮，应邀为普照法师作《竹炉山房图》。

性海禅师的这个竹茶炉，炉身是方形的，用毛竹编织而成，里面是长筒圆形，装一个石制的炉胆，炉胆与竹围之间，用耐高温的土灰填充，炉胆内又装铁栅栏，炉口是圆形，护以铜套。整个茶炉看起来上圆下方，高不盈尺，形似道家的乾坤壶，显得异常精致。

这是我们能看到的关于竹炉起源的一种记载，事实上，结合宋人诗句推测，

〔明〕王问《煮茶图》

竹炉的发明时代最迟不晚于宋代。宋人杜耒《寒夜》诗有句"寒夜客来茶当酒，竹炉汤沸火初红"，元人萨都剌《谢人惠茶》诗有句"半夜竹炉翻蟹眼，只疑风雨下湘江"，由此可见，宋元时期人们已经用竹炉煮水烹茶了。此外，在文人的诗词中，我们看到竹炉也可用以温酒、焚香：如杨万里有诗句"夜饮空斋冷，移归近竹炉。酒新今晚醉，烛短昨宵余"，这是用竹炉温酒取暖；又如宋人王炎有诗句"羽衣邀我坐团蒲，一穗香云绕竹炉"，这是用竹炉焚香。所以说，宋代已经出现了竹炉，也许形制与性海禅师的竹炉有所不同，但现在无史料可考，只知那时的竹炉多用以温酒、焚香、取暖，偶尔用来烹茶，而明以后竹炉就主要用于烹茶了，尤其是性海禅师在惠山寺举办竹炉茶宴后，竹炉逐渐风行开来。

明代王问《煮茶图》所绘也正是竹茶炉。画面中心是一张席子，一文士坐在席上，一手握笔，一手把持卷轴，正在长卷上题诗。席左站一小童，正在帮文士展开长卷。文士右侧与身后席上，放着砚台、墨锭、笔筒、香炉、书箱、卷轴，以及两只有盖儿的圆形茶罐。茶席右侧，另一文士跪坐于蒲团上，身后有水缸，缸中有水勺，身前则是一只茶炉，用竹子编成，炉上有一只紫砂壶，壶中有水。文士左手抚膝，右手用两根火筷子拨动竹炉里的炭火，正在煮水烹茶。

明清两朝，竹炉在江南士大夫圈子里颇为流行。明代高濂《遵生八笺》之《饮馔服食笺》介绍茶具："苦节君，煮茶竹炉也，用以煎茶。"

清代陆廷灿编撰《续茶经》，其《分封茶具六事》绘图介绍六种茶具，第一种就是竹炉。陆廷灿也将竹炉称为"苦节君"——竹子有苦味，节节相连，又清直不弯，有君子风度，故此得名。

《分封茶具六事》中还有《苦节君铭》，用三十二个字赞颂竹炉："肖形天地，非冶非陶。心存活火，声带湘涛。一滴甘露，涤我诗肠。清风两腋，洞然八荒。"竹炉上圆下方，与古人宇宙观天圆地方相同，故曰"肖形天地"；竹炉外框用毛竹制成，既非铁器，又非陶器，故曰"非冶非陶"；竹炉内贮炭火，故曰"心存活火"；竹中有湘妃竹，用湘妃竹编成竹炉以煮水，水声如涛声，故曰"声带湘涛"；茶水如甘露，饮茶可怡情，故而"一滴甘露，涤我诗肠"；饮茶七盏，想起卢仝的《七碗茶歌》，腋下生风，飘飘欲仙，俯视宇宙，豁然开朗，故此"清风两腋，洞然八荒"。

自洪武年间性海以竹炉烹茶，并邀王绂绘图赋诗以来，文人雅士前唱后和，一时传为佳话。此后有百余位文人、僧人甚至达官贵人以"竹炉"为题吟诗作画，

〔近代〕冯超然《竹炉图》

绵延数百年，留下了二百多篇诗文和十余帧绘画、书法，成为茶文化史一种独特的现象。

明朝大才子唐寅也曾绘"竹炉"。正德四年（1509）初夏，唐寅作《听松庵竹茶炉图》（此画已佚，今不见）。相传画面上有一位文人与一僧士在梧桐树下闲谈品茗，旁边石凳上放一竹茶炉，一童仆正在扇炉煮水，另有一童仆正在汲水。近代画家冯超然仿此图作了一幅《竹炉图》，右上题款"拟六如居士本"，仅绘一士一童一竹炉，当为意临而已。

唐寅好友祝枝山为《听松庵竹茶炉图》作诗四首，并用草书将此四首诗抄写在唐寅的竹茶炉图中，成为《惠山竹炉和竹茶炉诗草书合璧卷》。祝枝山所题诗，述文人烹泉煮茗事，颇有雅逸情怀，摘录其一：

露芽数朵和甘泉，雅称筠炉漫火煎。

老阮清风能启后，阿咸高节有光前。

案头汤火人忘倦，帘外烟微鹤傍眠。

不是良工心独巧，每经烈焰岂能全？

笔床茶灶总随身

担当，名字很怪，他是个和尚，生活在明朝末年和清朝初年，法名普荷，字担当。

担当是云南人，出家前名叫唐泰，父亲唐懋德，做过明朝的官，担当实际上是一个官二代。

这个官二代奉明朝朱氏为正统。明朝末年，李自成即将攻陷北京，他见大明江山不保，遂落发为僧，在云南鸡足山出家。

担当幼承庭训，诗书传家，能书善画，交游广泛。曾学书画于董其昌、陈眉公等，为人志存气节，放浪形骸，故其画作飘逸有奇气。担当与古代中国最出名的旅行家徐霞客有来往，这幅《行旅图》在内容上也与旅行有关。

画轴横窄竖长，泼墨山水，写意人物，画风很是潇洒。画面偏下有一条山道，山道拐角有一个小桥。一个胖乎乎的小胡子男人偏腿骑驴，头戴斗笠，优哉游哉地往前走。身后跟着他的仆人，左手持扇，肩扛扁担，扁担一头挑着茶盒，一头挑着茶炉。

《行旅图》中，画面虽简单，但人物有趣可爱，古雅有高致，茶炉、食盒随身，正应了古人"笔床茶灶总随身"之语。

宋朝博物学家沈括著有一本《梦溪忘怀录》，是专写士大夫如何游山玩水的小册子。沈括说，如果山路平缓，他会乘坐他自己设计的一款"安车"去游山。

据他所描述，安车是马车的一种，比普通马车舒适得多：车顶是一张带机关的软篷，有雨有风时遮住，风和日丽时卷起，仿佛自动开启的敞篷跑车；前壁和两侧都有窗户，半躺在车厢里，可以欣赏山景；车厢用四根柱子撑着，每根柱子都巧设机关，能挂起书籍、扇子、帽子、棋盘、药物、酒壶、碗碟、点心、茶叶罐等。

如果山路崎岖或太窄，马车上不去，就会带两个仆人，让他们挑着担子，将一切吃的和用的东西都放进去。

同时，他又精心设计了一个衣箱、一个书箱、一个食盒、一个欹床，全用轻便耐用的竹木制成。

衣箱分出大大小小许多格子，可放棉衣、薄被、枕头、毛巾、梳子、洗脸盆等。书箱比衣箱小一半，也分出许多格子，可放书籍、宣纸、毛笔、墨锭、砚台、棋盘、棋子、小剪刀等。

食盒与衣箱差不多大，用来存放熟食、果品、茶壶、茶碗、茶罐、碗碟、竹筷、勺子、水果刀、炉子、酒壶、酒杯，以及温酒用的"汤鎗"——其实是

〔清〕担当《行旅图》

一个四四方方的铁槽，深三寸，可贮水。上了山，生起火炉，将这个铁槽架在炉上，添满清水，煮到沸腾，将酒杯放进去温着，酒永远是热的。

欹床是一种可以折叠的卧具，造型和功能都挺像现在的行军床。沈括说，他爬到山顶，累了，就斜卧在欹床上饮酒，山风浩荡，鸟鸣啾啾，飘飘然，熏熏然，有得道飞升的快感。

上述衣箱、书箱、食盒、欹床，都有提梁，便于挑挂，就像担当《行旅图》中仆人所挑的茶炉和茶盒一样。

沈括还说，必要的时候，他会再带一些杂物，包括小斧子一把、斫刀一把、蜡烛两支、拄杖一根、泥靴一双、斗笠一个、食铫一个、虎子一个、急须子一个。

斫刀即砍刀，古时旅游业落后，山路未经开发，遇到荆棘和荒草拦路，可用砍刀开出一条路来。

食铫是带有提梁的小锅。游山饿了，砍些树枝，就地生起一堆篝火，将食铫悬挂在火苗之上，煮粥、炖肉、温酒、烧茶、烤山芋，都很便当。

虎子是古人对马桶的俗称。

急须子则是一种茶具，看起来像泡茶用的小茶壶，但其实是用来烧水和往茶碗里注水的。这种茶具最明显的特征，是壶嘴和壶柄不在一条直线上，而是呈九十度角。另外，它的壶柄中空，可以插进去一根木柄。在现代中国，这种茶具已很少见，但在日本仍然大行其道，而且日本人也管它叫"急须"，跟宋朝人的叫法一样。

不过日本急须没有提梁，一般只用来注水，不用来烧水。宋朝的急须多用金属铸造，通常有提梁，能像食铫一样挂在火苗上，便于烧水。提前在急须的空心壶柄里插一根木棍，等水烧开，攥牢木棍，将急须取下来，往茶碗中注水，不至于把手烫伤。事实上，即使直接攥住壶柄，也未必会烫伤手。因为急须的壶嘴在前面，壶柄在侧面，所以我们用手抓起壶柄，倒水时，急须的重心不会前移，手背不会贴到滚烫的壶壁上。

怪人，怪画，怪茶几

　　陈洪绶，字章侯，号老莲，明末清初画家，出身江南望族。他 21 岁那年中了秀才，此后便屡试不第。但他在画画上极有天赋。大约 19 岁时，他只身一人迁居绍兴，拜学者刘宗周为师，既学诗，又学画，学问与画艺突飞猛进。明朝末年，他北上京城，在国子监读书，奉命临摹历代帝王画像，因此有机会遍览内廷名画，画艺更精。

　　明朝灭亡后，他削发为僧，但出家刚一年，又蓄发还俗。为了衣食温饱，他一边为求画的顾客作画，一边为江南地区的出版商画插图。他为《水浒传》《西游记》《三国志》和《西厢记》都画过插图，也为明清时颇为流行的叶子牌设计过图案，以一己之力创作了全套的《水浒叶子》。

　　陈洪绶才气纵横，画风怪异。他画仕女，故意把身材画走形，头大身子小，仿佛现代卡通画。他画文士，下巴如铲，皱纹如刀，一副冷眼观世界的样子。

我们面前这幅《高隐图》，作于清初顺治年间。画中隐士短发无髻，光头无帽，眉毛极粗，下巴极长，闭口不语，脸颊上隐隐现出咬合肌，完全不是其他画家笔下温文尔雅、仙风道骨的隐士形象。此人盘膝坐在地上，蓝衫蓝裤，腰系丝绦，一手扶额，一手拿蒲扇，正在扇炉煮茶。

图中茶具有茶炉一、茶壶二、白瓷茶盏四，另有小水缸一只，水缸中放着一把弯柄大勺。这些茶具都没有出奇之处，出奇的是盛放茶具的那张茶几：一大块原木，几面坎坎坷坷，边缘弯弯曲曲，底下没有桌腿，直接铺放在地上。

这张原木茶几旁边还有一个造型更加古怪的根雕，根雕上面镶嵌一个大腹小口的巨型花瓶，瓶中有一枝梅花斜伸出来，颇有天然之趣。

〔清〕陈洪绶《高隐图卷》（局部）

画面左上角有清代官员高士奇的题跋：

章侯画人物，深得吴生三昧，况气节磊落，不轻应人求，作卷画尤少。此高隐图，各有萧闲自得之貌，知其心游物外也。其诗句清新，世更无传，偶得一稿，附装于后。

康熙己卯嘉平朔，记于柘湖简静斋，江都高士奇。

陈洪绶画人物，与毕加索有共通之处，都很夸张，他的另一幅画《品茶图》也是这种风格。

《品茶图》，又名《停琴品茗图》，画中人保持着陈洪绶"高古奇骇"的一贯特征：一个文士额头很高，下巴很宽，身材粗壮；另一个文士脸向左侧，发髻上冲，长眉入鬓，眼睛细长，鹰钩鼻，络腮胡，铲形下巴，如同胡人。

人怪，器具也怪。正面的文士宽袍大袖，盘膝坐在一张大得出奇的芭蕉叶上，一手扶膝，一手端起白瓷茶盏。身后有太湖石一方，身侧有紫砂壶二只，其中一只紫砂壶扁腹长柄，墩在茶炉之上，而茶炉则设在一方青绿可爱的小假山之上。炉为铁炉，炉口可见木炭，炭火通红。炉上的壶是用来煮水的，炉旁的壶是用来泡茶的，这是明代流行的撮泡法。

侧脸的文士也是宽袍大袖，坐在太湖石上，一手扶石，一手端茶盏。面前摆着一张长长的几案，是用天然石块打造的，几面不平，风格粗犷。几案上放着一张古琴，这张古琴已经装进琴套，琴套上绣着碎花，在琴套外面缠有丝带。

〔清〕陈洪绶《品茶图》

身后右侧有一束怒放的旱莲，插在一只褐釉石榴花瓶中，花瓶下面又有一块原木当底座。

整幅画风格典雅，构图简洁，人物造型高古，衣纹细劲圆润，环境天然清幽，器具尤其有特色。那一方可坐的怪石，那一方当作琴台的奇石，那一张奇大无比的芭蕉叶，那一瓶怒放的芙蓉，都是在天然器物的基础上稍加雕琢，古拙可爱。

清朝诗人张僖有一首《春晴》诗，时令季节或许与这幅画不符，但诗意深契画意，可以与这幅画一起欣赏：

积雨新晴好，春深爱景光。

茶宜泉味淡，琴就竹阴凉。

一鸟下寒碧，孤花明夕阳。

诗成耽久坐，渐喜日初长。

芭蕉树下

吕焕成，字吉文，号祉园山人，籍贯浙江余姚，明末清初画家，善画人物、花卉，兼工山水。早年好作斧劈皴，风格奇古，勾皴挺拔秀劲，人物生动细劲，既有"北宗"画法的崇高峻美，也有"南宗"画法的秀润流丽。传世作品有《春山听阮图》《西溪图》《蕉荫品茗图》等。

顾名思义，《蕉荫品茗图》画的就是在芭蕉树荫下品茶的场景。

几株高大的芭蕉树，遮天蔽日，蕉叶宽大、浓密，叶缝中隐隐可见两道整齐的石栏，围合着一方小小的庭院。庭院中有三个人物，一主二仆。主人是中年男性，裹乌巾，穿蓝袍，胸腹间套着一条金色腰带，看样子像是一个官员，坐在一方太湖石上，大腹便便，左手抚胸，右手持茶盏，正在品茶。

主人身前是一张宽大但低矮的茶几，茶几上有茶盘一、茶罐一、茶壶二、茶盏三、公道杯一。茶盘是红漆木盘，上有白瓷小茶盏两只。茶罐是一个陶罐，

〔清〕吕焕成《蕉荫品茗图》

器型扁圆，有小盖，有提梁，可以贮藏茶叶，且便于取用——想取茶叶，掀开壶盖儿，探手入罐，捏一撮出来。讲究一些的话，也可以用茶勺去取。紧挨着茶叶罐的是一只灰褐色茶壶，非瓷非陶，可能是金属打造，也许是明清时民间最流行的锡壶。锡是软金属，柔韧性好，延展性好，想打什么造型就能打出什么造型。但锡又容易氧化，氧化前的锡壶闪闪发银光，氧化后的锡壶灰不溜秋的，跟图上这把壶很像。

紧挨着灰褐色茶壶的是一只白色瓷壶，款式模仿紫砂壶中的"石瓢"，上小下大，重心下垂，使用稳当。壶嘴为矮而有力的直筒形，出水顺畅，壶身整体呈金字塔形状。白瓷壶旁边又有一只白瓷茶盏和一只白瓷公道杯，公道杯里还可以看见黄亮的茶汤。

一个中年女仆站在茶几旁边，躬身侍立，双手端一把紫砂小壶，左手握提梁，右手托壶底，壶身圆滑，壶嘴短直，通体呈蛋形，分明是紫砂壶中的"龙蛋壶"。从女仆用力持壶的姿态上看，这把龙蛋壶中应该有满满一壶茶汤，待主人喝完茶盏和公道杯里的茶汤，她会恭恭敬敬地上前一步，小心翼翼地往公道杯里续茶。

画面左下角，一个男仆正在烧火烹茶。他蓝衫黄裤，半蹲半坐，手握一把已经用得破旧的蒲扇，为一座鼎形铸铁小炉扇火。这座小炉大半被芭蕉树的树干遮住，隐约可见炉上墩着一把烧水的大壶。

两个仆人应是这样烹茶：男仆把大壶里的水烧开，女仆则打开茶叶罐，捏一撮茶叶，放进紫砂小壶。男仆有力气，将大壶拎到茶几上，掀开壶盖，让水温稍稍下降，然后双手提壶，往紫砂小壶里注水，冲泡出一壶茶汤。然后女仆捧起紫砂小壶，往茶几上那盏白瓷公道杯里斟茶。

主人干吗呢？主人负责喝茶。

闲尝雪水茶

　　王蓍，浙江嘉兴人，生卒年不详，主要活跃在清朝康熙年间（1662~1722），擅画没骨花卉。什么是"没骨花卉"呢？北宋沈括《梦溪笔谈》中说："更不用墨笔，直以彩色图之，谓之没骨图。"普通画家作画，先用细线勾勒，再用颜料填色，例如唐朝的阎立本、宋朝的李公麟、明朝的唐伯虎，都是这样作画。而王蓍用颜料直接在画布上作画，不需要勾线，图像有血肉（颜料）而无骨架（线条），故此得名"没骨"。

　　王蓍性情潇洒，厌恶权贵，喜欢隐逸，与《儒林外史》作者吴敬梓是好朋友。据当代学者何满子先生考证，吴敬梓在《儒林外史》开篇塑造的人物形象王冕，就是以王蓍为原型来创作的。

　　王蓍去世时，吴敬梓为他写了一首很长的挽诗："白鬓负人望，今见玉棺成。高隐五十载，画苑推耆英……窗前野竹秀，户外汀花明。挥手谢人世，缑岭空

箫声。卿辈哀挽言，或恐非生平。顾陆与张吴，卓然身后名。"吴敬梓认为，王
蓍在画坛上的成就有目共睹，被时人推为魁首。

介绍完了王蓍这个人，他的画到底怎么样呢？现在让我们看这幅《烹雪享
茗图》。

画面右下角是背山朝阳的一所小屋，向南开两扇小窗，屋门轩敞。屋内可
见两个文士和一个童仆。文士瓜皮小帽，拖着辫子，一身清朝服式，正在围炉
品茶。童仆在两个文士中间的空地上蹲着，在侍弄炭火。

门前空地上白雪皑皑，有两个童仆在铲雪。一仆站着推铲，一仆蹲下来用
一个容器装雪。容器画得较为模糊，可能是簸箕，也可能是陶盆。

〔清〕王蓍《烹雪享茗图》

屋前有古松一株，屋后有矮山一座，山上与树上均有积雪，满纸的寒意。

王著画的肯定是隆冬时节，某个隐士在山前小屋里定居，一夜大雪过后，遍山漫野都是积雪，文士让仆人生起炭炉，邀请朋友到他的山居赏雪品茗。既然是隆冬时节，山泉恐怕已经封冻，用什么水来泡茶呢？——当然用雪水。当一个仆人在屋内生起炉子的时候，另外两个仆人就开始在屋外盛雪了。

雪水能否泡茶？古人在这个问题上意见不统一。唐朝名医孙思邈认为，煮茶首选江水，其次用泉水，再其次才用雨水，至于雪水，他说那是"浑浊有毒之物"。元末明初有一个名医贾铭，生于南宋，仕于元朝，逝于明朝，整整活了106岁，他认为：立春那天的雨水生机勃勃，最适合用来给孕妇熬粥；冬至那天的雪水阴寒无比，可以装罐子里密封起来，到夏天拿来煮水泡茶，可以预防中暑。

现在，我们知道雪只是看起来洁白无瑕，实际上满是泥沙、灰尘，绝对不适合直接饮用。

但是，雪水可以净化。怎么净化呢？第一，把积雪倒进大锅，融化，煮沸，冷却，沉淀，舀出上层的清水，再烧开，再冷却，再沉淀，如此这般两三次，可以得到近似于纯净水的干净"雪水"，这种水可以用来泡茶。第二，冬天藏雪，装入陶瓮，埋进地下，让雪水自然融化，自然沉淀，夏天刨出来，舀取上层的清水，煮沸，冷却，如果锅底没有沉淀，即可用来泡茶。

古人有收集腊雪的习惯，或用于泡茶，或是药用，那些雪水一般也都是经过净化的，是干净的。

历代文人以雪水烹茗为风雅之事，诗文也常有提及。唐代白居易《吟元郎中白须诗兼饮雪水茶因题壁上》一诗，对于雪水茶有生动的描述：

冷吟霜毛句，闲尝雪水茶。

城中展眉处，只是有元家。

大诗人苏东坡一生浪漫，特别喜欢以雪水烹茶，尤其是烹贡茶，他写过回文诗《记梦二首》：

其一

酡颜玉碗捧纤纤，乱点余花唾碧衫。

歌咽水云凝静院，梦惊松雪落空岩。

其二

空花落尽酒倾缸，日上山融雪涨江。

红培浅瓯新火活，龙团小碾斗晴窗。

此诗短序中称，大雪初晴，梦到有人以雪水烹小茶团，便使美人歌以饮。醒来梦影依稀，便作了这两首诗。

《红楼梦》里，妙玉从梅花瓣上扫下雪来，装进罐子，深埋地下。五年后，用雪水给贾宝玉和林黛玉煮茶，可谓雅致到极点了。

清夜烹香茶

汪士慎，字近人，号巢林、溪东外史等，安徽休宁歙邑（今歙县）人。清代著名画家、书法家，在诗、书、画、印诸方面皆有不凡成就，为"扬州八怪"之一。擅画花卉，随意勾点，清妙多姿。精画兰竹，尤擅长画梅，笔致疏落，超然出尘，笔意幽秀，气清而神腴，墨淡而趣足，其秀润恬静之致，令人争重。金农称他画梅之妙和高西唐（翔）异曲同工："西唐善画疏枝，巢林善画繁枝，都有空里疏香、风雪山林之趣。"传世诗集有《巢林集》，画作有《潇湘灵芳图》《绿萼梅开图》《洒香梅影图》《月佩风襟图》《灵根出谷图》《苍松偃蹇图》《清夜烹茶图》等。

汪士慎早年生活缺乏记载，他可能出生在徽州休宁一个叫富溪的地方，在家排行第六，所以偶尔会在画作落款中自称"汪六""富溪汪氏"。他诗画俱佳，年轻时必定有所师承，也许还参加过科举考试，但是这些同样缺乏记载。

含南素友心情莫惠我侭人剪花水西風籠塔瓶茶煙自室怀爐
聽官微衫清月白空齋山滿槛香光陽桑秋欵誠長歌佐遠興
吟懷一改清悠

辛亥焦子紀雪水蓮句平田仲冬隱所光後大雅噗
巢林汪士慎寫

〔清〕汪士慎《清夜烹茶图》

　　我们只知道，汪士慎 37 岁那年携妻带子离开徽州，来到扬州，投奔同乡富商马氏兄弟。马氏兄弟在扬州经营盐业，富而好礼，且爱书画，乐意结交和资助诗人、画家和书法家。汪士慎到扬州后，先在马氏别墅借住，48 岁时才凭借卖画的收入在扬州北郊买地建房。

　　汪士慎有眼疾，54 岁时左眼失明，67 岁时右眼也失明了，可他对艺术的追求从未终止。左眼失明后，他仍然可以画出工巧精妙的梅花，自刻一印云"尚留一目看梅花"。双眼失明后，他无法作画，但还在坚持练习书法，挥毫书写狂草大字，署名"心观"，意思是眼睛虽然看不见了，心还能看得见。

　　这幅《清夜烹茶图》作于乾隆六年（1741），汪士慎时年 56 岁，左眼已经失明，但仍能将树叶、屋瓦、篱笆、山石勾画得十分清楚和巧妙。

　　画面背景是两座高高耸立的山峰，峰顶清晰可见，山腰若隐若现，云雾缭绕的感觉扑面而来。山脚下，一座瓦屋，轩窗洞开，门后可见两张拉开的床帐，帐下有一张床榻，床榻上坐着一个清瘦的文士。右窗窗台上，紫砂壶一把，茶盏一只。

　　瓦屋建在山脚下的平地上，以鹅卵石为地基，出屋是一道浅浅的台阶，阶下是一座用篱笆墙围合的小院落，干净整洁。院左有松树一株，有假山一座。院右篱笆墙下，一小童席地而坐，身边放着一把蒲扇。

　　小童右侧，蒲扇旁边，一个茶炉结结实实地嵌在平地上，下窄上宽，风门阔大，炉上有一把紫砂壶。茶炉后则是一个大大的水瓮，水瓮里放着一把舀水的大瓢。

〔清〕汪士慎《清夜烹茶图》局部

画面右上，有五言诗一首：

舍南素友心情美，惠我仙人剪花水。

西风篱落飘茶烟，自坐竹炉听宫徵。

杉青月白空斋幽，满碗香光阳美秋。

欲赋长歌佐逸兴，吟怀一夜清悠悠。

诗后自注："五斗焦子觊雪水旧句，辛酉仲冬录此以博大雅一笑，巢林汪士慎写。"底下钤印二方，一为"汪士慎"，一为"巢林"。

"舍南素友心情美，惠我仙人剪花水。"什么是"剪花水"呢？其实就是雪水。唐代杨巨源有诗："造化多情状物亲，剪花铺玉万重新。闲飘上路呈丰岁，狂舞中庭学醉春。"宋代吕胜己有词句："冬后剪花飞素彩。"将飘飘扬扬的雪花比喻成天女剪成的花瓣。雪花是"剪花"，所以雪水就成了"剪花水"。显然，汪士慎这幅《清夜烹茶图》画的也是雪水烹茶。

汪士慎酷爱茶，当时被称为"茶仙"。他用来煮茶的水很有讲究，只取三种：一是山泉，扬州的平山泉是他煎茶的首选，他说"试茗煎山泉，关门避时俗"。二是雪水，也就是我们这幅图上的诗所吟"仙人剪花水"，对雪水给予了极高的评价。三是花须水，就是清晨花瓣上的露珠，他曾作诗描述收集花须水的情形："诘晓入深坞，露气零衣襦。高擎白玉盏，滴滴垂花须。"

明清时人们喝茶流行的是泡茶，但汪士慎不喜欢泡茶，而是用专门的茶具煎茶。他煎茶用的柴必须是松木："自烧松子自煎茶，碗面清浮瑟瑟花。"对于火候的掌握是他煎茶的一大诀窍："松声蟹眼火候良，灵划之性乃无舛。"他在画画时煎茶："雪屋茶烟细，晴窗水墨香。"他喜欢听茶水沸腾的声音："屋边古树消残雪，墙根茶铛响细泉。"又云："粉杏红桃懒去看，煮茶声里独凭栏。"喝茶之后，"涤我六府尘，醒我北窗寐"，"一盏复一盏，飘然轻我身"，真可谓"今日诗人称茶仙"。

他的朋友陈章说他："好梅而人清，嗜茶而诗苦。"他自己也说："闲贪茗碗成清癖。"

茶篓，水罐

　　黄慎，字恭寿，号瘿瓢，别号东海布衣。他祖籍福建宁化，久寓扬州，鬻画为生。与郑燮、李鱓友善，为"扬州八怪"之一。

　　黄慎擅长人物、山水、花鸟，尤以人物画最为突出。人物画学自上官周，花鸟画学自徐文长。他的花鸟、山水和人物画都有自己独特的个性，用狂草笔法入画，笔姿放纵，气象雄伟，取境古逸，得荒率之致。所画题材除历史故事、神仙佛像外，多从民间生活取材，往往寥寥数笔，便能形神兼备。传世作品有《伯牙鼓琴图》《东坡玩砚图》《群乞图》《醉眠图》《渔归图》等。

　　本幅《采茶翁图》，选自黄慎一套专画采茶题材的散佚画册《采茶图》，本画册的残存册页现在分藏于故宫博物院、首都博物馆、香港艺术馆、烟台市博物馆等地。

　　《采茶翁图》绘一老翁手提茶篓缓步而归的情景，形象生动，神态超俗。画

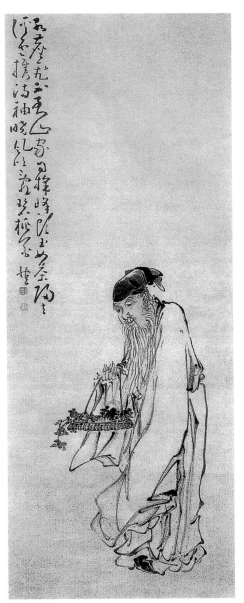

〔清〕黄慎《采茶翁图》

面左上有一首七言诗："红尘飞不到山家，自采峰头玉女茶，归去何不携诗袖，晓风吹乱碧桃花。"落款"慎"。

图中老翁须发皆白，乌巾裹头，脚穿皂鞋，身着曳地白衫，长须飘洒于胸前，像是刚从山上采茶归来。他左臂自然下垂，左手隐于袖中；右臂微微抬起，手提小竹篓，篓中有几枝新茶。竹篓扁阔，横宽而竖浅，容茶不多，估计采茶人担心茶叶堆积太厚，会自然发酵，影响茶叶的品质和新鲜度。

查陆羽《茶经》，唐朝采茶也用竹篓，陆羽取名为"籝"："一曰篮，一曰笼，一曰筥，以竹织之，受五升，或一斗、二斗、三斗者，茶人负以采茶也。"籝、篮、笼、筥，同物而异名，指的都是采茶时用的竹篓。唐朝茶篓大小不等，最小的能容半斗（五升）茶叶，最大的能容三斗茶叶。

宋朝人采茶，一般也背着茶篓，这是采一般茶叶用的。而宋朝贡茶须用极其鲜嫩的小茶芽来制作，此时不能用茶篓，而要随身携带一个小水罐。宋徽宗《大观茶论·采择》云："茶工多以新汲水自随，得芽则投诸水。"采茶工人随身携带新鲜干净的水，每采一枚茶芽，就放到水里浸着。黄儒《品茶要录》云："采佳品者，常于半晓间冲蒙云雾，或以罐汲新泉悬胸间，得必投其中，盖欲鲜也。"想采到上等的茶芽，要么在天刚刚亮时趁着山岚晨雾采摘，要么在胸前挂一个水罐，罐子里装着新汲的泉水，把采到的茶芽放进水罐，才能使茶芽一直保持鲜嫩和完整。

也就是说，宋朝采茶有两种容器：一是背后的茶篓，二是胸前的水罐。如果对茶没有很高的要求，可以把采到的鲜叶大把大把地扔进茶篓；如果要制造极品贡茶，就需要把那细嫩的茶芽一枚一枚地放入水罐。当然，也可以把这两种容器都带上，前悬水罐，后背竹篓，采到好茶就往水罐里放，采到普通茶叶就往竹篓里放，回去便于拣选和分级。

明清两朝，人们追求茶香，对过于奢华且茶香未萌的小茶芽不感兴趣，所以采茶工具中不再包括小水罐，但茶篓必不可少，与唐朝一脉相承。

吃茶，赏花

李方膺，字虬仲，号晴江，别号秋池、抑园、白衣山人。通州（今江苏南通）人，晚年寓居南京借园，因又自号借园主人。清代乾隆时期著名画家，"扬州八怪"之一。

李方膺父亲李玉铉官至福建按察使，掌管一省治安与司法，为官清廉，深受百姓爱戴。李方膺科举成绩不佳，只中过秀才，没能考中举人。35 岁那年，他陪父亲进京述职，受到雍正接见。雍正问李玉铉："你儿子品性如何？能不能做官啊？"李玉铉回道："只是个秀才，性子倔强，不适合当官。"雍正大笑："性子倔强才能当好官。"于是李方膺得以出任山东乐安知县。

到任不久，乐安闹水灾，饥民遍地，李方膺不经上司批准，开仓放粮赈济百姓，受到青州知府的弹劾。好在河东总督田文镜懂得救民如救火的道理，不但没有给他处分，还向朝廷奏报他的功劳。38 岁那年，他被提拔为滁州知州。

李方膺爱民如子，为人正直，为官"有惠政，人德之"，后来被诬陷贪赃，遭

〔清〕李方膺《梅兰图》

到罢官。罢官后的李方膺迁居南京，往来于扬州和南京之间，在两地卖画为生。他经常在画作上钤一方小印"换米糊口"，丝毫不掩饰自己卖画就是为了挣钱的意图。李方膺在南京与袁枚交往，在扬州与郑板桥交往，袁、郑二人都是他的好友。

李方膺善画松、竹、兰、菊、梅、杂花及虫鱼，也能画人物、山水，尤其擅长画梅。他画梅用笔苍劲老辣，构图简练疏朗，挥毫纵横，水墨淋漓，枝干瘦硬，以雅逸、古朴见长，郑板桥评价他画的梅花是："领梅之神，达梅之生，抱梅之韵，吐梅之情。"传世诗作有《梅花楼诗草》，画作有《风竹图》《游鱼图》《梅兰图》等。

李方膺善画梅，也善画茶，其茶画虽寥寥几笔，漫不经意，却也十分生动。

这幅《梅兰图》名为"梅兰"，画上不只有梅花和兰花，还有茶壶和茶盏。梅花插在瓶中，疏影横斜，孤清冷艳。兰花植于盆内，婀娜飘逸，清雅可人。梅花居右，兰花居左，中间偏下空地上有一把茶壶和一只茶盏。茶壶和茶盏两侧是李方膺的题跋：

峒山秋片茶，烹惠泉，贮砂壶中，色香乃胜。光福梅花开时，折得一枝归，吃两壶，尤觉眼耳鼻舌俱游清虚世界，非烟人可梦见也。

峒山位于湖北，"峒山秋片"就是峒山产的秋茶。李方膺得到一款峒山秋茶，用无锡惠山泉煮水，用紫砂壶冲泡，色香透发。吃两壶茶，便似到清虚世界，壶中天地，引人入胜。

茶已熟，菊正开

蒲华，字作英，号胥山野史、胥山外史、种竹道人。浙江嘉兴人，寓居上海，清末海派画家，与虚谷、吴昌硕、任伯年合称"海派四杰"。

蒲华年轻时参加过科举考试，中过秀才，没能中举，遂绝意仕途，潜心书画，在上海卖画为生。他善花卉、山水，尤擅画竹，有"蒲竹"之誉。

蒲华是晚清海派画家的中坚力量，他笔力雄健，酣畅淋漓，气势磅礴，追求"作画宜求精，不可求全"，又要求自己"落笔之际，忘却天，忘却地，更要忘却自己，才能成为画中人"。

《茶熟菊开图》是蒲华代表作。画面正中央是一把大的提梁紫砂壶，壶后有一块太湖石，太湖石四面玲珑，颇为别致。在太湖石后面有两朵盛放的菊花，花开正盛，摇曳生姿。在画的右上角有题款："茶已熟，菊正开，赏秋人，来不来。"整个画面宁静素雅，意境悠远。

〔清〕蒲华《茶熟菊开图》

　　需要说明的是，画中这把茶壶是提梁壶，很有特色。众所周知，普通紫砂壶的壶柄一般设在后面，弯曲如耳廓，可以把几根手指穿进去，牢牢握住。提壶斟茶，壶稍微大一点，盛水稍多一点，提壶会很费力，需要另一只手托住壶底。而提梁壶形制独特，壶口之上有一把提梁，且提梁用撑子固定，仿佛房屋的梁架，可以承受很重的重量。提梁壶一般都是大壶，就像画中这把壶一样。

烹茶鹤避烟

钱慧安，初名贵昌，字吉生，号清溪樵子，室名双管楼，又号双管楼主。宝山高桥镇人（今上海浦东），清末海派画家。传世绘画作品有《听鹂图》《依栏凝黛图》《桃源问津图》《放翁诗意图》《烹茶洗砚图》等，著作有《清溪画谱》。

钱慧安出身农家，自幼学画，在上海城隍庙卖画为生。因其画作符合民众的审美需求，在城隍庙卖画的行情极好，他被称为"城隍庙画派"的代表画家。

钱氏工人物、仕女，笔意遒劲，态度娴雅，山水花卉亦佳。钱慧安的盛名来自人物画，他从西洋油画得到启发，用线条勾画五官，再用淡彩略加渲染，面部肌理更加自然。他勾画侧面或半侧面人物轮廓，采用西方流行的透视画法，人物形象更趋饱满。另外，他绘制人物，常以自画像入画，独具创意。

同治十年（1871），钱慧安 39 岁时，应朋友文舟所请，为其绘制肖像画，也就是这幅《烹茶洗砚图》。

〔清〕钱慧安《烹茶洗砚图》（局部）

　　图上文士身穿便服，面白无须，很随意地坐在书斋之中，倚栏而坐，闲观窗外风景。这个文士自然就是钱慧安的朋友文舟。

　　文舟的书斋相当雅致，临水而建，一小半悬在溪流之上，下用千阑支撑，近旁有两株虬曲的松树。书斋内临窗放着一张书案，案上有一尊高高的黄铜香炉、一盒精装套书、一把紫砂小壶、一只白瓷茶盏。

　　书斋外面，两个童仆在忙活。一童在小溪上游取水烹茶，红泥小火炉上架着一把东坡提梁壶，炉边还放有一个茶叶罐，而这时的小童正侧头观看一只飞起的仙鹤。另一童在小溪下游刷洗砚台，几尾金鱼围拢过来，在水中欢快地游弋。宋代诗人魏野有诗句"洗砚鱼吞墨，烹茶鹤避烟"，此图正画出了诗中的意境。

风吹草低见茶炉

任颐，初名润，字小楼，后改名任颐，字伯年，别号寿道士、山阴道上行者。浙江山阴（今绍兴）人，清末著名画家，代表作品有《三友图》《献瑞图》《承天夜游图》等。

任颐字伯年，但"任伯年"要比"任颐"响亮得多。提起任颐，绝大多数人都会觉得陌生，一说任伯年，在艺术收藏界则是如雷贯耳。当然，一个艺术家或者文学家的字号盖过他的本名，也是常有的事。例如"苏轼"就没有"苏东坡"名气大，"李公麟"就没有"李龙眠"名气大，"徐渭"就没有"徐文长"名气大，"郑燮"就没有"郑板桥"名气大，"纪昀"也没有"纪晓岚"名气大。

任伯年出身于小商人家庭，父亲任鹤声卖米为业，同时还是一个深藏不露的画师。任伯年的儿子任堇叔为任鹤声作传时写道："读书不苟仕宦，设临街肆，且读且贾。善画，又善写真术。耻以术炫，故鲜知者，垂老值岁歉，及以术授。"

〔清〕任颐《为深甫写照图》

任鹤声有文化，是一介儒商，又擅长为人画肖像，但他非常低调，从来不向外人展示画技，也不让儿子任伯年学习绘画。到了晚年，米铺生意惨淡，任鹤声才把画艺传给任伯年，为了让儿子将来有一个立身之本。

任伯年 22 岁那年，太平天国的军队劫掠萧山，年迈的任鹤声带领全家逃难，不幸死在路上。父亲死后，任家米铺彻底关张，任伯年只身一人到上海谋生，在街头摆摊卖画。据《海上画语》一书记载，他卖画的收入相当丰厚，去世前竟然积攒了几万块大洋。在当时寓居上海的画家当中，他或许堪称首富。

任伯年是一位全能画家，人物、花鸟、山水无不擅长，其人物画更为突出，对当时及后世影响颇巨。《为深甫写照图》也是一幅人物画，是任伯年为朋友深甫创作的肖像画。

林下，泉边，深甫坐于石上，手持茶盏，悠然品茗。

深甫右侧有一童子，蹲在地上烹茶，身躯微胖，头发凌乱，茶炉藏在草丛之中，仅有茶壶的提梁从草丛上面露出来，说明那是一把提梁壶。如果有一阵轻风吹来，青草偃伏，茶炉便会显现出来。《敕勒歌》里唱道："天苍苍，野茫茫，风吹草低见牛羊。"这里却是"画中人，名深甫，风吹草低见茶炉"。

画右下钤白文印"颐印"，款云："同治庚午春三月，伯年任颐补图。"同治庚午即同治九年，也就是公元 1870 年。

梅梢春雪活火煎

吴昌硕，初名俊卿，字苍石、昌硕，号缶庐、缶道人、苦铁等。浙江安吉人，中国近代杰出的艺术大师，海派画家的重要代表，杭州西泠印社首任社长。其绘画、书法、篆刻皆登峰造极，领袖群伦，名满天下，对近现代中国艺坛有广泛而深刻的影响。作品集有《苦铁碎金》《缶庐近墨》《吴苍石印谱》《缶庐印存》等。

吴昌硕酷爱梅花，生前画梅无数。他还有一个抽大烟的癖好，晚年以茶代烟，遂又痴迷饮茶。他许多晚年作品都以梅和茶为题材，例如《梅雪煮茶图》《壶梅图》《茗具野梅图》《梅花茶具图》《花开茶熟图》等。

《梅雪煮茶图》作于1913年，吴昌硕当时寓居上海。

画轴狭长，从右下向左上斜出墨梅两三枝，梅枝之下有提梁紫砂壶一把，壶口敞开，壶盖放在地上，盖上也有一个小小的提梁。

〔清〕吴昌硕、沈石友《梅雪煮茶图》

画面左侧是吴昌硕的题跋："石兄写茗具，石弟插野梅，潘王合璧不能专美于前矣。"这里的"石兄"是吴昌硕的好友沈石友，"石弟"是吴昌硕自称——吴昌硕字苍石，与朋友通信，常自称石弟。"石兄写茗具，石弟插野梅"，说明这幅画是他与沈石友共同完成的；"潘王合璧"则是指晚清画家潘恭寿和晚清书法家王文治的书画合璧册页，吴昌硕意思是说，他与沈石友合作完成的《梅雪煮茶图》，可媲美当年潘恭寿和王文治的书画合璧。

茶壶底下又有吴昌硕自题的一首七言诗：

折梅风雪洒衣裳，

茶熟凭谁火候商。

莫怪频年诗懒作，

冷清清地不胜忙。

他画中的梅花不施粉黛，清冷孤傲，枝干带有书法的苍劲感，整个画面宁静淡雅，勾勒出一幅超尘出俗的生活图景。他还有一幅《煮茗图》也是如此。

梅花在左，茶炉在右，在梅花和茶炉之间，有破旧芭蕉扇一把。梅花为墨梅，水墨点染，不设色。梅枝瘦长且虬曲，梅花缀枝，分为两三簇，花萼灿然，开得正香。茶炉为泥炉，上宽下窄，垒得很高，风门开在一侧。炉上茶壶为紫砂壶，壶形为葫芦状。一把芭蕉扇，半倚泥炉，半靠梅枝，仿佛扇旺了炉火，又催开了梅花。

茶炉上方有题跋：

> 阿曼陀室有此意，屡抚不得其味，兹武家林石画参用，庶几形似而已，苦铁。

阿曼陀室，清末画家陈鸿寿的书斋名。这句跋文的意思是：陈鸿寿画过同类题材的图，吴昌硕受陈鸿寿启发，才完成这幅作品，且水准在陈鸿寿之下，只能形似，不能神似。这当然是吴昌硕的谦辞。

画左边缘处又题一款：

> 正是地炉煨榾柮，煴腾腾处暖烘烘。
>
> 缶道人草草弄笔，岁丁未四月。

〔清〕吴昌硕《煮茗图》

"地炉"即泥炉，"榾柮"即干柴，"缶道人"是吴昌硕的号。春末四月，春寒料峭，泥炉生火，炉火正旺，吴昌硕倚在炉边取暖烹茶，观赏梅花，甚是惬意。

他 74 岁时所作的另一幅茶画《品茗图》，与《煮茗图》堪称双璧。

画面上部，几枝梅花自右上方向下斜斜伸出，梅枝或俯仰，或交叠，姿态各异，交叉错落，看起来生动雅致。在梅花枝干的掩映下，有一把茶壶，壶形

〔清〕吴昌硕《品茗图》

古雅朴拙。紫砂壶旁勾勒白瓷茶盏一只，笔触淡如轻烟。整个画面不着淡彩，纯用水墨，寥寥数笔，顿有茶香梅馨跃然纸上。左上有题跋：

> 梅梢春雪活火煎，山中人分仙乎仙。禄甫先生正画，丁巳年寒，
>
> 吴昌硕，年七十又四。

"梅梢春雪活火煎，山中人分仙乎仙"，画龙点睛地道出了春雪煎茶、陶然若仙的境界。这是吴昌硕最得意的佳句，他在很多幅作品上都用这句诗作题跋，如73岁画《梅雪壶茗图》、84岁画《梅梢春雪图》，款识开头都是"梅梢春雪活火煎，山中人分仙乎仙"。

清茶伴梅香

齐白石,名纯芝,更名璜,字渭清,号白石,别号兰亭、借山老人、白石老人、白石山人等。湖南湘潭人。我国著名画家、书法篆刻家,擅长国画、书法、篆刻和诗歌。一生作画不辍,留下大量诗、书、画、印作品,传世画作有《墨虾》《牧牛图》《蛙声十里出山泉》等。

齐白石一生爱画画,也爱喝茶,所以他创作了很多有趣味的茶画。这幅《笔砚茶具图》构图简练,由上至下,分别是茶杯、茶壶、毛笔、砚台四样物件,构成一幅雅致的案头清供。茶杯为玻璃杯,杯中无茶,插有两枝兰花,花茎瘦长,清晰可见。

图中的玻璃茶杯,是在近现代的茶画里才能看到的。古代的茶杯多为瓷杯,也有少量金属杯,如铜盏、锡盏,以及比较昂贵的金银茶盏等,玻璃杯极其罕见。

中国古代玻璃制造工艺落后,玻璃器皿太贵重。先民造的玻璃,主要是铅

〔现代〕齐白石《笔砚茶具图》

钡玻璃，透明度极差、易碎、不耐高温，可以制成装饰品，但不适合做成茶杯。

从秦汉到明清，如果有人能拿出一个明如镜、亮如水、完全透光的玻璃杯子，那一定价值连城，被无数权贵奉为至宝。宋代的《宝货辨疑》将玻璃与金银、玉器、玛瑙、水晶、琥珀、珊瑚、珍珠、猫眼、玳瑁等贵重物品相提并论，有诗云："南番酒色紫玻璃，碗碟杯盘入眼稀。"意思是，从东南亚输入到中国的玻璃器皿品质优良，但极其罕见。

白石老人作这幅画时，中国已经有自己建造的玻璃厂，玻璃制品已进入寻常百姓家，所以就在茶画中出现了玻璃茶杯。

"梅兰竹菊"是中国画中的"四君子"，在白石老人的画中，梅与茶、兰与茶都一起出现过。

这幅《茶具梅花图》作于1952年，齐白石时年92岁，这是他专为毛泽东主席创作的一幅作品。

毛主席和齐白石都是湖南湘潭人，两人既是同乡，又是忘年交。1950年，毛主席邀请齐白石做客中南海，留他共进晚餐，一起品尝湖南家乡菜。为表谢意，齐白石选出旧作《苍鹰图》《海为龙世界，云是鹤家乡》两幅，以及青石雕花砚，一并赠给毛主席。到1952年，又特意创作《茶具梅花图》，再赠毛主席。

画左空白处有题跋："毛主席正，九十二岁齐璜。"右下角钤印："大匠之门。"这是齐白石的一方闲章，纪念他年轻时做木匠的经历。类似的闲章他还刻过好几方，例如"鲁班门下""木居士""木人"等。

画面上一把茶壶、一枝红梅、两只回纹瓷杯。茶壶古朴厚重，红梅娇艳

〔现代〕齐白石《茶具梅花图》

欲滴，瓷杯轻灵小巧。茶壶只画出了顶部，壶身不见，任由读者去想象。

　　这幅画，寥寥数笔，朴中藏华，虽未见一片茶叶，却饱含清幽茶韵，茶趣横生。读这幅画，使人不禁联想到画中之情、画外之画——两位知音好友一边品尝香茗，一边观赏红梅白雪，"清茶伴梅香，君子意相投"的意境油然而生。

远山近水染茶香

黄宾虹，初名懋质，后改名质，字朴存，号宾虹，别号有予向、虹若、虹庐、虹叟、黄山山中人等。祖籍安徽歙县，生于浙江金华。中国近现代著名画家，擅画山水，为山水画一代宗师。代表画作有《秋林图》《山水卷》《蜀江归舟图》《松雪诗意图》等。我国近现代绘画史上有"南黄北齐"之说，"北齐"指的是居住北京的花鸟画巨匠齐白石，"南黄"说的就是安徽的山水画大师黄宾虹。

黄宾虹作画早期多受"清四王"的影响。"清四王"指清朝初期的四位著名画家王时敏、王鉴、王原祁和王翚，"四王"以山水画为主，各自画风略有区别，分为"娄东"与"虞山"两派。黄宾虹在画作题跋中多次提到"娄东虞山"。这一时期黄宾虹的作品以干笔淡墨、疏朗清逸为特色。后来，他山水画的风格转变为雄浑大气的格局。

氣韻生動全在
筆裡氣筆有力而
後蒼苔能潤四
始頭縈繞要承虚
山者專事乾敷以
為修陽墨學
兩由日逾夫人也
癸未虹叟畫

〔现代〕黄宾虹《溪亭待茗图》

〔现代〕黄宾虹《煮茗图》

这幅《溪亭待茗图》应该是他早期的作品。画中群山环抱，小亭临水，一人独自坐在架溪而筑的水榭中，身前有茶案，案上是一杯刚刚沏好的茶。人很小，仿佛遁入山水深处。杯更小，小如蚁卵，但茶香仿佛弥漫于天地之间，使远山和近水也都染上了茶香。

右上有题跋：

气韵生动，全在笔墨，笔有力而后苍，墨能润而始韵。学娄东虞山者专事干皴，以为修深，此画学所由，日逊古人也。癸未虹叟画。

黄宾虹还有一幅《煮茗图》。

山岭巍巍峨峨，林木蓊蓊郁郁，溪水潺潺流入山间洼地，积成一泓平湖，湖面上隐约可见山峰与树木的倒影。岸上几座土丘高低错落，有松，有枫，有屋，有亭。溪水环绕，将山脚围合一半。几排瓦屋轩窗洞开，沿着山坡斜铺下来。最下面那所屋子，前临溪水，后傍山坡，旁有高树。屋中一人，身穿袍服，靠着一张矮几，盘膝而坐。矮几上放着茶具，小如芝麻粒，几不可辨。

右上题跋，是一首七言诗：

洞壑幽奇林气香，晴云晶白雨云凉。

人间炎暑蒸不到，一枕松风鹤梦长。

落款："实秋先生属，宾虹。"跋后钤印"黄宾虹"。画面空白处还有几方鉴藏印，一为"朱华"，一为"实秋"，一为"十砚千墨之居"。这里的"实秋"，正是梁实秋先生。这幅画是黄宾虹赠给梁实秋的作品。

明代著名文学家徐渭曾经列出他认为的最佳茶境：

宜精舍，宜云林，宜永昼清谈，宜寒宵兀坐，宜松月下，宜花鸟间，宜清流白云，宜绿藓苍苔，宜素手汲泉，宜红妆扫雪，宜船头吹火，宜竹里飘烟。

黄宾虹茶画的意境正与此相契。

对客却道茶香

陈师曾，名陈衡恪，字师曾，号朽道人、槐堂，近现代著名画家、美术史家、美术教育家。祖籍江西义宁（今江西九江修水县），出生于湖南凤凰。其祖父是湖南巡抚陈宝箴，父亲是清末诗人陈三立，弟弟是国学大师陈寅恪。同学与朋友中，也是名家辈出，如在矿务铁路学堂与鲁迅同窗，留学日本时结识李叔同，执鞭北京后结识齐白石。

陈师曾 27 岁留学日本，攻读博物学。35 岁归国任教，同年拜于吴昌硕门下学习绘画，41 岁任北京高等师范国画教员，此后专职从事美术教育和美术史研究工作，48 岁病逝于南京。善诗文、书法，尤长于绘画、篆刻。代表画作有《佛手图》《秋花图》《读画图》《墨笔山水图轴》《设色山水图轴》等，学术著作有《中国绘画史》《中国文人画之研究》《染苍室印存》等。

这幅《茶花梅花图》，是陈师曾与著名画家溥心畬共同完成的。溥心畬，本

曾見三水山人筆
師首陳衡恪寫

〔现代〕陈师曾、溥心畲《茶花梅花图》

名爱新觉罗·溥儒，初字仲衡，改字心畬，自号羲皇上人、西山逸士、曾见二水山人等。清末维新首领恭亲王奕䜣之孙。笃诗文，工山水，擅画人物、花卉，书法精绝，与张大千有"南张北溥"之誉，又与吴湖帆并称"南吴北溥"。

画中一枝梅花、一枝茶花。梅花花枝细长，颜色素净，茶花花枝低短，颜色鲜艳。在梅花与茶花之间，有水瓮一尊，瓮中满贮山泉，瓮口用一张莲叶覆盖。莲叶青绿可爱，叶片完整且鲜嫩，好像是刚从荷塘里摘回来的。

可见梅花，也可见茶花，这应是在初春时节，但是画中还出现了一张莲叶。按照常理，这样的季节不会有这样鲜嫩的莲叶，而画家让莲叶入画，完全是心之所至，是一种艺术的浪漫。有这么一张莲叶覆在水瓮上，连水瓮也跟着高洁起来。

水瓮右下，那枝茶花斜倚在一把提梁茶壶上。茶壶很大，呈黑褐色，粗梁，直口，壶盖上镶着一个粗大的钮。朴实，高古，给人一种莽莽苍苍的感觉。如果用这把大壶冲泡野生古树茶，正好相得益彰。

画轴右上空白处，两行题跋：

曾见二水山人笔

师曾陈衡恪写

题跋左下钤印一枚，印文是"师曾"。"师曾"，自然是陈师曾。"曾见二水山人"便是溥心畬了。

〔现代〕陈师曾《煮茶图》

陈师曾还画过一幅《煮茶图》。

一把提梁壶，一只风炉，一把破蒲扇，画面简单，且不设色，看起来宁静淡雅。

题跋：

近来方病酒渴，对客却道茶香。

狂奴漫催急火，冰泉不解热肠。

为人题《煮茶图》诗，乃去年旧作也，偶成此画，因移以成题。

落款："朽道人，丁巳十二月。"

此处"丁巳"为1917年，陈师曾时年42岁。据题跋内容，陈师曾作此画的前一年，曾经为别人创作的《煮茶图》题写一首六言诗，后来他自己画《煮茶图》，无诗可题，遂将一年前给别人写的那首诗抄在画上。

诗意明白晓畅，大意是说自己本想喝酒，但是又觉得酒不如茶高雅，客人一到，烹茶相待，嘴上虽夸茶香，心中却盼酒醇。

这才是真性情。

画左是齐白石所题："恭三仁兄藏玩，齐璜转赠也。戊子秋九月。"恭三仁兄，指著名历史学家邓广铭。邓广铭字恭三，与齐白石是好友。齐白石得到陈师曾这幅《煮茶图》，收藏多年，于戊子年（1948）转赠邓广铭。

寒夜客来茶当酒

寒夜客来茶当酒，竹炉汤沸火初红。

寻常一样窗前月，才有梅花便不同。

　　这是南宋诗人杜耒的一首七言绝句。寒夜客来，竹炉烹茶，围炉品茗，赏月看梅，真是一幅雅致而又极富情趣的生活画面。

　　这首小诗写得朴素淡雅，饶有韵味，"寒夜客来茶当酒"成为一种文化意象，这一意境被很多艺术家入画，齐白石画过，吴昌硕画过，张大千画过，何家英画过，潘天寿和黄宾虹也画过。

　　在齐白石的这幅画作中，茶与梅共在一幅，画面十分简洁。占据画面一大半的是一个青色细颈大瓷瓶，瓶中插着一枝墨梅。瓶左下，是一把墨色中略带赭石之色的提梁大茶壶；瓶右下，是一盏油灯。

〔现代〕齐白石《寒夜客来茶当酒》

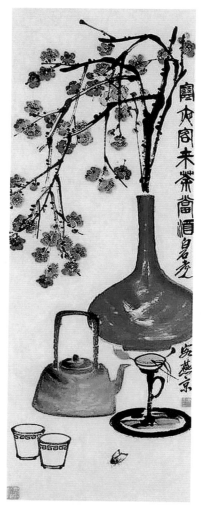

〔现代〕齐白石《寒夜客来茶当酒》

画面右侧题"寒夜客来茶当酒"七字，自署"白石山翁客燕京"。油灯、瓶梅、茶壶，寒夜有客至寒舍，活火现烹香茗甘泉，以茶当酒，品茶赏梅，灯下畅叙，何其风雅。整个画面用笔极简，但极具诗意，引人遐想。这幅画大约作于 1930 年至 1940 年之间，是他早期的茶画作品。

白石老人一生嗜茶亦钟情于煮水烹茶之道，传世的茶画很多，仅以"寒夜客来茶当酒"为主题的就有好几幅。

白石老人另一幅同名画作，相比而言色彩明丽温暖许多。青色细颈大瓷瓶内是一枝梅花，枝干虬曲，花朵红艳。瓷瓶旁边是一把提梁大茶壶，紧挨着茶壶的是一盏古式粗陶制油灯，灯上一抹红色的火焰正轻轻飘动。再近处是两只白瓷茶杯，杯口处是青色的回形花纹。画面右侧题"寒夜客来茶当酒"七个大字，并自署"白石老人客燕京"。

此外，还有一幅《寒夜客来茶当酒》，是由潘天寿与黄宾虹共同完成的。

潘天寿，原名天授，字大颐，号寿者，浙江宁海人。现代著名画家、美术教育家。擅画花鸟、山水，兼擅指画，亦能书法、诗词、篆刻。其画融诗、书、画、印于一体，笔墨雄浑、意境高古，代表画作有《雁荡山花》《露气》等。潘天寿长期从事美术教育事业，对现代中国画和书法教育的发展做出了巨大贡献，学术著作有《中国绘画史》《听天阁画谈随笔》《花鸟画简史》等。

画面上，一篓木炭，一只火盆，一把茶壶，一把蒲扇，蒲扇上还压着一根铁铸的火钳。火钳旁有四字"宾虹补钳"。

整幅画暖意融融，寒夜里，炭火正旺，三两好友，围坐炭火旁，以茶当酒，

〔现代〕潘天寿、黄宾虹《寒夜客来茶当酒》

促膝畅谈。窗外风清月朗，有数点疏梅暗香浮动。

　　别的茶画，通常画一个茶炉，此画却画了一个大大的炭火盆，盆里木炭高高攒起，红彤彤的火苗吐着舌头，既可以烧茶，又可以取暖，与"寒夜客来茶当酒"诗意完美契合。

人走茶凉，离别的惆怅

　　这是丰子恺公开发表的第一幅漫画作品，题目很有诗意：《人散后，一钩新
月天如水》，取意于宋代词人谢逸《千秋岁·咏夏景》：

　　　　楝花飘砌，簌簌清香细。梅雨过，萍风起。情随湘水远，梦绕吴峰翠。

　　　　琴书倦，鹧鸪唤起南窗睡。密意无人寄，幽恨凭谁洗。修竹畔，疏帘里，

　　　　歌余尘拂扇，舞罢风掀袂。人散后，一钩新月天如水。

　　画面上，一钩新月，斜斜地挂在天上，橘黄色，上弦月。从月相上看，时
令当是深秋，时间则是深夜。夜风袭来，阵阵凉意，晚上睡不着觉，仍在凭栏
观月的人儿，该加一件衣裳了。

　　茶楼一角，红漆柱子，红漆围栏，红漆的一张方桌。方桌上放着一把茶壶、

人散後一钩新月天如水

〔现代〕丰子恺《人散后，一钩新月天如水》

一本小书、三只杯子。方桌两旁，各有一张藤编的圈椅。方桌下面，距我们最近处，还有一张方凳。

除了方桌、方凳、藤椅、茶壶、茶杯，以及那本小书，画中空无一人。人呢？人走了。画面寥寥几笔，写出淡淡的惆怅，离别的惆怅。

推想起来，那天黄昏时分，有三个好友在此相聚。谈谈天，翻翻书，喝喝茶，相见甚欢。夜深了，茶尽了，友人起身离去。只剩下主人，怅惘，孤独，心里空落落的，就像桌上的茶壶和茶杯一样空荡。他睡不着，他支起竹帘，楼下绿树苍然，天上新月皎然，天地间一片苍茫寂静。夜色如水，只能听见一两声虫鸣，寂寞伴着月光洒下来，惆怅随着秋风扑面而来，他站在画面外……

这幅画于1924年发表在《我们的七月》上，郑振铎评价说："……虽然是疏朗的几笔墨痕，画着一道卷起的芦帘，一个放在廊边的小桌，桌上是一把壶，几个杯，天上是一钩新月，我的情思却被他带到了一个诗的仙境，我的心上感到一种说不出的美感，这时所得到的印象，较之我读那首《千秋岁·咏夏景》为尤深。"

当时，丰子恺在浙江上虞白马湖春晖中学任教，朱自清、叶圣陶、郑振铎、朱光潜等常来小聚，喝茶闲谈至深夜人散，留此诗词意境。

丰子恺，原名丰润，号子觊，后改为子恺。浙江桐乡人。中国现代杰出的文艺大师，一生涉猎广泛，在文学、绘画、翻译、教育等诸多领域均有非凡建树。